江湖行

（中）

徐訏文集

小說卷

目次

江湖行

三十三

第二天，五更時分，就有人帶著驢子來領我們入山了。

天氣很冷，滿地都是霜層，四周都非常荒涼，前面就是重重疊疊的山巒，一直堆到雲霄。灰色的天空很低，重重疊疊的雲層，一直垂到山腰。

對著這巍峨壯麗的大自然，我們的精神開始煥發，穆鬍子不斷地呼嘯著，有時也哼著粗亂的歌曲。但是幾個鐘頭以後，大家都疲倦了，誰也不再作聲，除了吐著一陣陣熱氣的驢子的呼吸與沙石地上零亂的蹄聲。

中午我們就在山路邊吃了些乾糧，因為要趕路，不敢多休息，下午我們翻越兩座山嶺，才聽他們說不久可以到了。我們在嶺腳一個村落裡休息了一會，那個領路的人忽然向我們告辭，另外來了兩個人帶領我們，還為我們換了牲口。

我們從嶺腳走到平原，人煙似乎比較稠密，走著彎曲的路，時時都穿過村落，兩個帶路的人同村人好像都很熟，有說有笑地在招呼。一直到黃昏時候，我們才繞到了一個山腰，那裡有高大的樹木與叢密的竹林，於是我看到紅牆黃瓦的寺院，裡面亮著燈火。

我們就在那裡下驢，帶領我們的人，一個帶著驢子走了，一個陪我們進去。我在斑駁的匾額上看到大覺寺的字樣，裡面大殿上佛像燈燭，完全沒有變動，也有幾個和尚在走動。可是繞過正殿，後面有許多新造的簡陋房子。

我們就在那裡會見了唐凌雲同他的部下。唐凌雲就是穆鬍子所說的連長，是一個壯碩的人物，年紀不過四十幾歲，看他同穆鬍子招呼的情形，穆鬍子所說的同他的交情倒不是謊話。

他們已經為我們佈置了房間，我們安頓好了以後，勤務就叫我們吃飯了。座上有十二個人，唐凌雲為我們介紹，今天是為我們洗塵，有酒有肉。同平常的社會裡一樣，座上也沒有談及他們的正事，我並沒有感到有什麼異樣。

飯後，我們很早就休息了。

我以為第二天開始，我們應當有緊張的土匪生涯了，可是一切並不如我所想。沒有人找我，也沒有人同我談話。穆鬍子並不同我住在一起，我也無從找他。吃飯的時候，有人送飯進來，吃了飯，我一個人在附近散步，也沒有人干涉，後來我到後面走走，才有人阻止了我。我只好回到自己屋子裡睡了一覺。

那天夜裡，穆鬍子來找我了。他先告訴我他已經正式入夥，問我是不是願意加入。我問他加入怎麼樣，不加入又怎麼樣。他告訴加入了當然要服從命令，可以正式擔任職務；不加入可以當他客人，像今天一樣的閒住些時候，什麼時候想回去送我回去。我當時表示，我跟他來原來為加入行動的，不過我總想在加入以前曉得一些基本的原則與情形，我希望可以同唐凌雲談一談。

穆鬍子當時就帶引我與唐凌雲會晤，我們在一間會議室似的房子談到很晚。這不但使我對於他們情形有一個大概的瞭解，對於唐凌雲也開始有相當的認識。

原來他們已不是我所想的小規模打家劫舍的土匪，而是統治著一個相當大的地區的組織了。這一個地區雖不是固定，但近一年來並沒有變動。他們的武力也不只穆鬍子所說的幾百支槍，而是已經使在他統治下的農民都保有武器而為他們效力了。

這是一個國共對峙中的一個陰陽地區。當地的農民在國共的進退拉鋸之中，受盡了冤害荼毒，唐凌雲就利用這一點團結了農民維持了一個中立地帶。自從他的武力建立以後，農民倒反而有個安定的生活。他們的目的，希望擴充這個中立地帶，吸引更多的人力，所以有時候為蠶食邊緣就要與人衝突，有時候因別人來歸附就要與人摩擦。而小股的土匪，流亡的罪犯，也常到那裡來找庇護，引起了許多其他的問題。

唐凌雲沒有很高的理想，但是有一個很現實的頭腦，他始終沒有表示他終極的目標，只是說這裡的人要他耽一天，他耽一天，不要他的時候他可以衝到別處去。他也沒有一定要我加入，但告訴我，他的同伴都是願意與他共生死存亡的人。最後，他叫我休息三天考慮考慮再決定。

三天的生活都是同第一天一樣，我倒像是在杭州玄林寺度假期一樣的悠閒，但是我的心境可非常複雜不安。我知道如果我不加入，我總不能長住下去；我來的目的既然要遠離上海的環境，我是沒有理由不參加他們的行動。

第三天，我就正式加入了唐凌雲的組織。以後我就成了土匪的一員，我在那裡足足耽了三年。在這個組織中，我們都要有軍事的體力的訓練，但是他們忽略了文化知識的訓練。我後來極力主張設立並保護小學校，俾山區的兒童有受教育的機會。一年以後，我們地區又擴大了許多。唐凌雲兩次解決了國軍的部隊，他就把槍械武裝了共區來的農民，他認為這些農民已經身歷許多，不會再受漂亮的口號所宣傳了。

那時候起，情形有許多變化。國軍剿共的意志忽然強起來，派來比較有精神與紀律的軍隊，他們要求唐凌雲投降，受他們改編節制。共軍也極力要爭取唐凌雲。唐凌雲則始終兩面敷衍著，保住他獨立的地位。

於是，第一天，國軍派了兩個人來。由穆鬍子帶人去接。

唐凌雲當天就設宴招待，我也在座。酒至半酣，那兩個代表就正式攤牌了。一個上唇蓄著鬍鬚的軍官說：

「唐凌雲，我想這是最後一個機會了，我們是老朋友，我決不會騙你，中央這次有最大的決心，如果你不受改編，那麼我師長就不得不以武力解決了。」

「我接受又怎麼樣呢？」唐凌雲似真似假地說。

「這次我們師長要你親自跟我去見他。」他說著望望周圍說：「擔保你安全，這點你可以放心。」

「我理該拜見你們師長，對他報告這裡的情形。」唐凌雲說著叫大家喝酒。

「你如果這次不跟我們去的話，我師長就認為你沒有誠意，那就什麼都難說了。」另外一個穿中山裝的代表，舉起了杯子，喝了一口酒說。

「吃完飯，我們再談。」唐凌雲說。

那兩位代表很驕傲地彼此望望，當時也不再說什麼。席散後，唐凌雲邀他們到裡面去，半個鐘頭後，我們看唐凌雲送他們出來。

兩位代表於第二天早晨走了，我們問唐凌雲與那兩個代表談話的情形，他說：

「他們說他們的師長一定要我同他們同去，但他們可以為我緩頰，等我五天。如果五天裡我不去，他們就無能為力了。」

「那麼你如果去了，他們給你什麼官位呢？」唐凌雲的一個參謀問。

「他們保證我安全，可以給我一個團副的位子，但是我的人員則一定要給他們改編。」

「那麼你預備接受嗎？」另外一個夥伴問。

「自然不接受。」

「那麼我們就預備拼一次了。」穆鬍子高興地說。

唐凌雲沉默著，只是點頭笑笑。

當天下午，唐凌雲就策劃如何應付的辦法。他先撥四百個部下分成十股，每一股紮駐一個地點。他命令把儲糧也分出十份。每一份存放在每股所駐的一個地方。那一份糧食就供應一股之用。他另外撥一百個人扮成鄉人作聯絡員，並發動農民把存糧埋藏起來。他自己帶一百五十人把總部移到後面的一個山頭去，預備隨時給敵人以襲擊，他命令每一股的股長不要正面與敵人作戰，應當迂迴地截毀敵人的供應。並約定每組於發現國軍時在一定的山頂舉火為號，指示國軍的動靜。

當時穆鬍子被派為第四股的股長。我則隨唐凌雲退往後山。當天夜裡，這計畫就執行了。我們一百幾十個人，成了一個隊伍，翻過一座山嶺，越過一條溪流，就從一條山路攀登了一座山峰。

原來所謂後山也是唐凌雲的一個據點，那裡也散著幾個村落，上面也有一個倒坍的沒有煙火的破寺。我們的隊伍就駐紮在那個破寺裡。

這是軍隊的生活，在我生命中這是第一次的經歷。每天清晨，我們就分組出發，被派到各處去偵察瞭望，我們要帶著糧食隨地舉炊。黃昏時候必須歸隊。唐凌雲命令不許在破寺中點燈吸煙。從我們的破寺上去，最快也有兩小時步行的路程，可以到一座山峰，那裡沒有一草一木，都是大塊的亂石，從那裡可以遠遠地看到我們大覺寺的舊址。用望遠鏡看，自然更清楚了。唐凌雲於第一天尋到那個地方，以後他輪流地派四個人在那裡駐紮，吩咐一有動靜就對他報告。

但是兩天過去了，沒有看到或聽到國軍有什麼動靜，唐凌雲好像很詫異。我當時以為國軍的代表既然給他五天的期限，要有動靜當然在五天以後。可是唐凌雲並不作聲。第三天他指派了四個人，我也在內，吩咐我們一看到動靜要儘快地向他報告。

那天天很冷，我們的瞭望頂上風很大，我躲在亂石堆裡不時地向舊址觀望。大概是上午十點鐘的時候，我們發現了我們第五股的火訊；下午兩點鐘，我們看到了國軍已經侵入了我們舊址。當時我們就派人去報告唐凌雲，但是唐凌雲竟已經上來。他說他看到第五股的火訊，相信國軍是向這個方向行動了。當時就有人主張向國軍襲擊，但是唐凌雲相信如果國軍不能發現我們的蹤跡，他們耽不了三天就會移動。他叫我們不許有一絲暴露自己，但要嚴密地注意國軍的動靜。

我們一直在瞭望的山頂上觀望，國軍似乎在對我們做搜索的工作，可是我們十股流動隊伍，使他們難有固定的目標。第三天下午，我們發現了國軍有些移動的跡象。那天夜裡，唐凌雲突然發動了一個攻勢。他命令二、三、六、八、九五股用虛勢牽制國軍所移動的部隊；一、四、五、七、十五股襲擊入侵我們舊址的國軍部隊。

我們的襲擊是出乎國軍意料的，他們的火力都集中在正面，而我們則從後面縱火，原來寺後的一些房子都燒了。他們於是就從前面撤退，我們的五、七、十三股就在他們退路上截擊他們，他們燒毀附近的村莊，才衝出去得與他們所移動的部隊取得聯絡。

這是我第一次也是唯一的一次真正戰爭的經歷。我們於夜間十一時到早晨五時都在戰火下生活。天色發亮時候，我們在大覺寺舊址集合，唐凌雲命令各組的隊伍仍回到原處，總部及時撤退到後山的破寺裡，並將所有負傷的人員都舁抬同行。

我們這一役，傷亡並不重，但除輕傷的可走動的外，要舁抬的傷兵也有二十八個，我們撤退到破寺以後，馬上覺得我們缺少完備的醫藥設備了。我們只能儘量使他們生活上安適，盡我們醫藥常識與設備給他們表面上的治療，別的就很少有辦法了。

唐凌雲同他副官們於中午回來，他帶來了兩個土郎中，為受傷者診察許久。下午忽然有一個醫生帶著藥物器械來，起初我還不知道，後來才知道是由共軍方面借來的。

大概是三點鐘的時候，有兩男一女共軍的代表帶著犒軍的食物到破寺來。唐凌雲迎接他們，後來他們在樹林裡談話。我只是遠遠地看到，並沒有去注意。可是唐凌雲叫副官同我去參加談話。我也才走到樹林裡去。

天下的事情真不是人所能想像。在穿著灰色列寧裝的三個代表中，我突然發現了我似曾相識的面貌，我猶疑了許久，最後才認定是她。我相信我的變化並沒有她多，她應該是認識我的，但是她假作不認識。後來我可真是忍不住了。在勤務送上茶來的時候，我一面斟茶給她一面說：

「我們是不是以前見過的？」

「我們……」她的面上不免有些窘態。

「我是周也壯。」

「啊，啊，這是很久了。」

「這兩位，哪一位是……」我說著還以為其中有一個一定是那個帶她走的男子了。

「不，」她棕黑的臉上有點泛紅，於是說，「日子隔很久，什麼都變了。」

當她垂下視線，故作飲茶的時候，我注意她這個在歲月中變化的面貌。

她的頭髮剪短了，戴著帽子。她似乎瘦了一些，有點像我在杭州初見她時候的輪廓。她的臉雖是清秀，但遠比以前粗黑。我所認識得最清楚的是她那對動人的大圓的眼睛，它似乎並沒有變化。她握著茶杯的手指，雖還是瘦削纖長，但似缺乏了某種柔和。我想起她坐在我的對面，玩弄著火柴的情形，我的心竟有一種說不出的感傷。

她大概意識到我在注視她，放下茶杯，站起來，散步似的走了幾步。於是她站到唐凌雲對面，似乎在交談什麼。她一直沒有對我注視。

這一次會商非常融洽。唐凌雲對他們的醫藥與犒贈非常感激，他們對唐凌雲也致無上的敬意。他們並不說要唐凌雲參加他們，而說他們有多少人要參加唐凌雲的部下，請他領導。

當天晚上，這三位代表就宿了一晚。夜裡他們很愉快地熱情同我們夥伴交友。第二天一早，他們帶著滿意的答覆回去了。

不用說，這位女代表就是映弓，我很想找個機會同她有更多的交談，但是她並沒有給我這個機會，她也許怕提起過去，她已經把生命切成兩段，像蚯蚓一樣，只保留一段在生活了。

可是，人也許可以訓練成忘卻過去，而過去仍會活在人的下意識裡，不然，她也用不著對我害羞與躲避。一見她，我也就想到她的孩子藝中，他該已是五歲的孩子了。我不知道為什麼她連自己的孩子都沒有想到，或者是想到了而不願一提呢？人有可解的部分，有不可解的部分；可解的部分我們尚有許多解說，不可解的部分怕是連自己都無從解說的了。

三十四

第二次國軍的壓力來的時候，我們更顯困苦，最沒有法處置的是一些負傷的夥伴。唐凌雲仍想求援於共軍，共軍方面為他計畫把總部遷到共區。這件事在我們夥伴有很激烈的爭論，有人贊成，有人不贊成，唐凌雲聽取兩種意見，似乎也猶疑了好久，最後他終於因為負傷的人員需要醫藥的關係，決定把總部遷去，他重編了六股人員留在山區遊擊。穆鬍子當時就率領一股，分配在第四號山區。

從那裡撤退到共區要越兩座山，渡一條河，我們分組於黃昏出發，約定第二天夜半於河邊集合。當時就受到了隔岸共軍的照顧與幫助，我們很快就完成了撤退。

一到對岸，我們就受到了熱烈的歡迎，所有負傷的人員都送到後方醫院，我們受到了慰問犒賞，以後每晚都有招待我們的晚會。這使我們當初反對遷來的夥伴也開始感動了。

從此，唐凌雲有了辦公的地方，許多新人開始幫他處理事務；我發現他與我們的距離突然遠了。於是每次我們想找他談談，總要在他門口填個表格，等了許多時候，會晤時也總有我們不認識的人在一起。除了間接發下來唐凌雲的命令以外，我們同他接觸已完全沒有了。

可是我們那時生活很好，除了被派到對岸與我們六股的遊擊隊聯絡以外，我們都很空閒，晚上就常常被邀請參加文娛晚會。於是我們中間也成立學習小組，有人來給我們指導，常常開會，生活開始緊張。過去我們是一種友愛結合，我們只有個團結的心，現在我們需要發表個人對別人的意見，這批評的對立就沖淡我們的友愛。而那時候，一群在後方醫院傷癒的夥伴陸續歸隊，他們有另外一種姿態影響了我們，於是有人要求到老區域去學習，有人竟時常批評我們的過去，甚至牽涉了唐凌雲。從那時候起，我們間已沒有以前的坦白的談話與豪放的哄笑，我們間也沒有純粹友情的往還，我感到一種壓迫與悶窒。屢次，我都想與唐凌雲單獨談談，但怎麼努力都沒有結果，後來唐凌雲突然應召到後方去開會，我知道再不會有與他見面的可能，當時我感到一種說不出的孤獨，我像口渴一樣需要一個可以忘我地談談的朋友。

在這些日子中，我自然很想有機會可以看到映弓，我也盡力各處打聽她，但是始終無法有她一點消息。也許她已經改了名字，自然也不會在這個邊區。在訪尋映弓絕望以後，我更是想早日離開那裡了。我希望可以被派到第四區山區同穆鬍子在一起，但是我知道說出去是反而會被人懷疑的。我只有忍耐著等待一個被派到同我們六股隊伍聯絡的機會。

最後，這個機會終於來到，我想定這該是我脫離唐凌雲的時機了。

我很難訴說我當時的心境，我也不敢說我對於政治有什麼瞭解。可是當我這次渡河以後，我竟不但沒有害怕與緊張，反倒感到一種輕鬆與舒暢。我有奇怪的力量攀山登嶺，當我在山峰上望見那如帶的河流與起伏的山巒時，我覺得人間的生活是太狹小了。黃昏時，我到達了第一個舊友的農家，我在那裡重新體驗到人間純粹的友誼，這是一種沒有矯作掩飾曲解的情誼，我無法說明，但是我有這個感覺，這是我們夥伴間失去的東西。

我相信人有各種不同的氣質，有人行為被理性支配，有人行為被情感支配，有人行為被意氣支配，而我的行為始終被感覺所支配。我離開衣情去流浪，重回上海而一再拖延，無法與舵伯恢復以前的交誼，放棄紫裳，跟隨穆鬍子，現在想起來似乎都是憑一種感覺上的舒適，我怕情感的逼迫，我也怕理論的自圓自解，我並不是不瞭解利害，但當我感覺不舒服的時候，有利的環境對我就不成為幸福。我可以在舵伯別墅上過豪奢的生活，但是我願與老江湖、韓濤壽在狹小的燕子窩聊天。我是一個註定要在不安定的流浪中過活，一切理想與事業同我是無緣的。這就是命運註定了我，而我也註定了命運。

兩天以後，我見到了穆鬍子，他問我唐凌雲，我把大概的情形告訴他以後，我說：

「我同他已經不會在一起，我對這些生活也不感興趣。我是不打算回去了。」

「不打算回去？那麼你就留在我這裡好了。」

「不，不，我想回上海去。」

「回上海去？我早知道你是一個讀書人，這裡生活你是過不慣的。」

「穆鬍子，你現在無法瞭解我。但是如果你相信我，你會知道唐凌雲就是在讀書人手中改造，他不會是你我的夥伴了。」

「你說這話，是想叫我跟你走麼？」

「我沒有這個意思，但如果你將來沒有被改造，我相信終有一個時候你會來找我的。」

這些日子來，我一直想念穆鬍子，如今見到了竟覺得他並不能給我所要的友情，這倒並不是穆鬍子對我有什麼不同，而是他的地位不同了。和唐凌雲在一起，我們只要跟著大家所決定的去行動，忙完了事情以後大家還是流浪漢。如今穆鬍子獨當一面，他沒有整整一點鐘是自由，他並不能把整個的精神來同我交談。他很熱情地招待我，同我談些他部下一些勇敢的戰績，他還是非常豪爽，只是有點自大。他並沒有想到過去，也沒有想到將來，他活在現在，在現在的環境中很自滿，在他這就夠了。

我在他那裡只耽擱十幾小時，其中六小時我是在睡覺。穆鬍子以為我盡可以在他那裡多耽些時候，可是我在天色發白五更時分就告辭了。穆鬍子給我一支手槍，一些子彈，他還給了我很充分的盤纏。他派了一個夥伴送我走出他警戒隱蔽的範圍。從此我又踏上流浪的途程。

我雖然一直在流浪中生活，但是總有所依附。如今在重重疊疊的山巒中走路，望著漸漸亮起來的天空，隱在藍灰色雲層的星斗，我才知道我真是孑然一身了。

從穆鬍子的山區到竇公集，我足足走了五天，這五天生活很有趣，我總是有我舊稔的農家讓我歇足，他們給我溫暖的友情與掩護。第五天我步行了一整天，以為到竇公集可以好好休息，但是到了竇公集，我發現情勢很不同了，那裡有國軍駐紮，查得很緊，我因此不敢有所耽擱，只好連夜趕路，想早點可以到達一個長途汽車站。

這一夜天氣很冷，二更時分起就一直下雪，我雖是帶有一些乾糧，可是沒有水。我覺得又冷又渴又疲乏，很想找一個庇身的角落，攏一個火，暖暖身，燒點水喝。但是舉目是黑黝黝一片荒野，沒有一株枯樹殘草可以充我的柴火。天像是鉛鑄的一樣，雪越下越大，在灰色的空氣，白色的大地上，我已經辨不出路，我用背包袱的手杖探著路走，而時時還要踩到低窪。我很怕我已經走錯了路，但四周望望，幾乎沒有一個標誌可以讓我辨認方向。我覺得我的寒冷甚於飢渴，而我的疲倦又甚於寒冷。這三者好像又互為因果。有時候我也盡力吃點乾糧，用一點雪來使我下嚥，但並不能使我溫暖，一天一晚的步行，腳上已經由汗濕而冰凍。起初我腳上新的汗濕也曾將冰凍融化，但再度冰凍，使我的汗濕也再無熱力，如今像是已經凍到膝蓋以上，整個的腿像是不屬於我的一樣。這時候我真後悔沒有在竇公集耽擱，要是等白天再走，我想什麼都會兩樣了。

我的包袱本來是背在手杖上，幾天來我都是這樣步行，並不覺得有什麼負擔，可是如今我要用手杖探路，包袱彎在左右手的手臂上，開始感到累贅，好像一點點重了起來，但是我無法停頓，我知道只要一倒下，我就不能再起，我必須支撐著向前走去，我已經不想走到什麼地方，我只想我可以走到天亮。所以我也無需辨別方向，只要支著手杖一步一步拖著向前就是。這樣我足足拖了一個鐘頭，我已經感到兩條腿已經不屬於我，我用手杖支撐我的身體同我的包袱，我用手猛擊我的兩股，我希望由此得一點熱力。

就在這一瞬間，我猛一抬頭，竟發現了一個奇跡。起初我還以為是我眼睛的錯覺，但定睛看時，前面，遙遠的前面，在一堆灰色的堆集中，閃耀的可不是一點火光。

這點火光，真是我的救星，我心上馬上湧起一種熱力，眼前看到了一種希望。我的四肢也頓時活躍起來，我挽起包袱，支起手杖，一直向著那點火光奔去。

可是這目標真是不近，我走了很多工夫，它好像還是毫無移動。我幾乎又開始懷疑這點火光是我眼睛的錯覺了，我再凝神細認，我發現它的確已經比以前清楚；我的希望增加，我的力量也增加起來，我走得比以前快了許多。大概二十分鐘以後，我看到那灰色的堆集原來是斷垣殘壁，於是我漸漸認清那是一個荒村。這時候雪已經小了下來，在灰色的空中，白色的大地上，那個荒村只是一些歪斜參差的線條，但對我有一種海市蜃樓的誘惑。這一點火如今也已經大了許多，我看它就在兩條歪斜的線條的下面。我估計不要十幾分鐘的工夫我已經可以走到那邊了。

可是我突然想到這點火絕不是住家的村民的，我估計這荒村上早已沒有居民，就是有，這時候也不會要在露天攏火，我想到這一定是過路的盜賊逃兵或流浪漢在那裡過夜。於是我一面走，一面打算我應當採取的態度。我應當去求慈善的施捨呢？還是用武力去威嚇他們？這是非常難決定的心理，如果我是一貧如洗的乞丐，我很容易決定去求人施捨；但是我有穆鬍子給我的盤費乾糧，還有一支手槍，這是很容易被對方覬眼，而起吞沒之心的。如果我取威嚇的態度，如對方人手多，而我在飢渴疲乏之中，又絕非對方的敵手，那不是自己去送死嗎？

三十五

我一面想一面走，這時候我已經看到火光旁邊的人群了，原來那是一個破廟的門簷，後面的房子已經圮坍，只剩了殘垣斷壁，這門簷似較完整，上面還有遮欄；這些人都圍著火在瞌睡，沒有人在說話。我遠遠地數一數，大概是七八個人。於是我躡手躡腳地走了過去。從我的地方到那個火光中間一無隱庇之處，我很想繞到門簷的後面過去，這除非我繞一個大彎，是無法隱庇我自己而可以到達後面的。而我當時實在太累太乏，所以鼓著一時之勇，正面地很快趕了幾步；我竟看到那幾個人都帶有武器的。一忽兒，其中一個人突然醒了，他很驚惶地握到身旁的刀，一聲喊，大家都醒了，這時候已經不容我有所選擇，我握著手槍說：

「不許動。我是一個過路的人，對你們沒有惡意，只是想借一個火，喝一杯熱水。大家河水不犯井水，你們睡你們的。」

這幾個人都目瞪口呆地盯著我。

「你們都背著火坐著。」我說。

我看他們都轉過了身子，其中一個看著火上的一個鉛皮罐，故意瞅我一眼，作出要喝水的樣子。我頓時覺得我應當有點動作才對，給他們一點警戒。我於是對準了那點鉛皮罐打了一槍。鉛皮罐跳了很遠，火上發出絲絲的聲音。對方縮了身子，很快背轉身去。我的槍術是在唐

對付。

竟是沒有經過場面的土貨，怎麼荒野中攏火睡覺，可以不放一個步哨？我心想這一定還不難

凌雲部下時訓練的，這是我第一次真正的表現。當時我向著他們走過去，我頓時想到，這些究竟是沒有經過場面的土貨，怎麼荒野中攏火睡覺，可以不放一個步哨？我心想這一定還不難對付。

就在我這樣想著的時候，我走到了簷下。我始終沒有注意這簷上有些什麼，冷不防一棍正打在我的後腦。一聲叫喊，簷上就有人跳下來，握住了我握槍的手臂，我同他一齊都倒在地上。不用說，這七個人都已經過來，我被他們拖到一個柱邊，早就有人把我緊緊地綁在柱上了。我坐在地上，伸直兩條腿，剛剛在那堆火的前面。我說：

「我正笑你們怎麼連一個哨兵都不放呢！」

「不許說話，雜種。」其中一個人說著過來在我身上搜索，他拿去我所有的錢財什物，除了兩包洋火同一塊手帕，它仍舊在我的袋裡。

「你怎麼這麼晚才發現。」一個滿面鬍髭的大漢對簷上跳下來的人說。

「我在上面睡著了，等聽到槍聲才醒來。所以靜靜地等他進來。」

一陣哈哈的笑聲。我有點不耐煩了，我說：

「你們如果要我死，快給我一槍好了。如果不要我死，請給我一杯熱水。」

那個滿面鬍髭的大漢，一手拿起我射中的鉛皮罐，一手拿起我的手槍，看了看，他說：

「倒也有一點槍法。」他一面說著，一面把那鉛皮罐往簷外天空拋去，一面拿我的槍開了一槍，正打中了那只破罐。與其說他是表現他的槍法，不如說他在試我那支手槍。他在手上看

了看我的槍，於是就納入了他的衣懷。他穿一件藍布的短棉襖，雖然有一密密的扣子，但都沒有扣上，兩襟拉得緊緊的，腰間束了一條黑色的腰帶。他把我手槍納到懷裡以後，掏出他自己的一支敝舊的七寸，交給了他旁邊的一個粗高的人說：

「你留著這個。」

於是他打開我的包袱了，我說：

「你既然不要我死，快給我一杯水喝，我的槍給了你，至少要換你一杯水，是不？」

我的包袱有一個漱口杯，那個滿口鬍髭的大漢就把這個杯子交給一個人。他說：

「倒一杯水給他。」

水邊還有幾個小罐與一個鐵皮水壺，那個人就倒了一杯水給我，湊到我的嘴唇，我喝了一口，我說：

「謝謝你。」

水很燙，那個人一直等我喝完了才走開。

那個滿面鬍髭的大漢已經翻遍了我的包袱，我說：

「什麼都是你的，錢是你的，衣服是你的，不過那包頭髮，你沒有用，請你交給我。」

「這頭髮，哈哈，」他拿起那束紫裳給我的頭髮大笑，「妞兒的頭髮。」

我說：

「你不要我死，請你把它還我吧。這是我妹妹的頭髮，一個……一個紀念。」

旁邊有人接過了那束頭髮在看，嘴上露出色情的笑容，於是我莊嚴地說：

「我妹妹死了已經兩年，我們在河南，同軍隊開火，她被打死了，我只留下這束頭髮，所以請你們還我吧。」

我的說話果然使這個大漢驚訝了。他又接過那束頭髮，包在我原來花綢的圍巾裡親自送過來。我說：

「放在我的頭上吧。」

他把它塞在我的頭與柱子的縫裡，我說：

「謝謝你，現在我要睡覺了。」

這時候，我因為喝了熱水，又坐在火邊，沒有財產與包袱，全心已毫無可擔憂的事物，幾天的疲倦一時襲來，閉上眼睛，我已經昏昏地不知什麼。

「朋友，如果你願意同我們在一起，我可以放你。」那個滿面鬍髭的大漢走過來，很重地踢了我的大腿一下說。

「你不會相信我的。」我說。

「我們談談看。」

「讓我睡醒了再談吧。」我說。

以後我隱隱約約聽他們在議論什麼，但是我已經昏昏睡去。

我已經告訴過你，我在舵伯的家裡失眠，我在衣情的身旁失眠，我在紫裳的身旁失眠，那些富麗堂皇的環境，冷氣熱氣的裝置，那些溫暖柔軟的床鋪，那些香豔綺麗情調，都未曾使我有在舵伯船艙上睡眠的香甜。然而如今，當我緊緊地被綁在柱子上面，屁股坐在地上，頭枕著紫裳剪下的那束頭髮，我竟坦然入睡，心中再沒有任何的憂慮與煩惱，一切成敗與得失都不在我計較之中，我也忘去了一切的過去與未來。這是一種心靈的真空，而我在以後悠悠的歲月中再無緣碰到了。

這時我恍恍惚惚，像是在杜氏宗祠的台前，我在非常擁擠的觀眾中。四周都是人群，壓得我無法透氣，我似乎還是渴望著要看臺上的戲，可是我只看到臺上是一片紅光，什麼都看不清。我不斷地往前擠去，非常吃力，但終於慢慢地清楚起來，原來那紅光是一群女孩子的服裝，他們正在舞蹈。不知怎麼，我竟意識到紫裳就在裡面，不過我始終辨不清是哪一個。我一心想尋出她，又往裡擠，好容易擠得近一點，又忽然被人擠開了，最後我終於擠近臺口，但是裡面並沒有紫裳。我忽然悟到這劇本原是我編的，紫裳要在這群少女舞畢時才出來，怎麼會在她們裡面找尋？我這樣一想，果然有一道白光從紅色的叢中透露，我隱隱約約聽到紫裳的歌聲，這支歌真是好聽，我知道這是何老的曲子，但怎麼我以前好像沒有聽見過？於是我看到這白光清楚地凝聚成一個紫裳，她赤著腳，像駕著雲似地冉冉駛近。她披著柔美的長髮。我忽然想到這頭髮是假的，我記得她自己的頭髮已經剪去，我心想要不是假髮，她一定會更加美麗了。我這樣想的時候，忽然感到四周人群越來越擠，擠得我周身酸痛。我極力左右掙扎，想透一口氣，可是一抬頭，紫裳已經不見，紅衣的女郎又在臺上狂舞。接著我聽見台下有人大笑，於是有一陣寒冷的風襲來，我周身發抖。我想擠出一條路去找紫裳，可是四周的人群把我擠得隱隱作痛，我一步都不能移動，我非常吃力，像是慢慢軟下來似的，我在地上坐倒，昏昏沉沉地暈了過去……

最後我終於醒來，原來我仍是被綁在柱上，前面的火焰正旺，可是四周並沒有一個人，那一群劫賊已經去了，他們沒有殺我，知道我不被殺也一定會死，在這荒野中誰會來救我，我不是餓死，也是會凍死。我的所有的東西，銀錢、手槍、子彈、衣服及乾糧，凡是他們可用的都已拿去。地上散著一些從他們身上換下的一些破衣，唯一為我留下的是我的手杖，它被拋在地上，還有就是我枕在腦後的紫裳的頭髮。

我清醒以後，環顧周圍，覺得現在真是所謂坐以待斃。我望著腳前的火，覺得幸喜他們放著足夠的柴木，否則怕早已滅了，我想這個火現在正是象徵著我的生命，當那些東西燒盡，火漸漸熄滅的時候，怕正是我生命走向死亡的時候了。

面對著死亡，我倒並不是害怕，而只是感到一種威脅，為什麼他們不用槍打死我，而要讓我凍死餓死，或者讓豺狼來吞噬我呢？我當時也並沒有恨那些搶劫我的強盜，我只覺得我自己無能，怎麼我會不注意簷上的人？但一切只好說是命運，我不死於槍林彈雨之下，而死於這個荒郊之中。我當時並不一定貪生，我只想可以早點死去，不要拖得太久。我並不飢餓，只是覺得被綁得太緊，我試了試，覺得是無法掙脫。唯一可以救我的，是有個過路的人出現，但是這是一個不可能的奇跡。天色已經發白，但雪光亮於天光，我希望我可以在睡眠中死去，我想到剛才的夢，我只希望可以很快地回到夢境，可是我雖是疲乏，閉上眼睛，竟思前思後，有無數的思緒使我無法入睡。我終於又張開眼睛，看到腳前的火已不如以前，想起最多再一個鐘點就要滅了，而我將受凍受餓，如沒有豺狼吃我，當還要隔許多時光才能死去，這將是多麼難挨的時間呢？

我對著火光發愣有十分鐘工夫，最後我偶然移動了我的兩腿，我撥動著散在地上的破爛雜物，我於是像解悶似的，極力把那些雜物撥到我的腿間，再用腳推到火裡去，這是一種新的燃料，我知道至少可以使火延續一些時候。但是我的目的並不在此，我也許只是百無聊賴中的解悶而已。

沒有想到這正是一個啟示，是天意是命運我無從解釋，而我竟由這個啟示而重新獲得了已失的生機。

三十六

這時候有一陣風吹旺了我新添的燃料，它把火光吹向我的臉上，我突然想到把火引到我身邊。我用腳把地上破爛的衣服撥到我兩腿的中間，讓那火蔓延過來，這不是很難的事情。但是它也同時燃著了我的褲腿，我必須盡力不讓我的褲子著火，我望著這火力一點一點地蔓延上來，覺得時間真是遲緩，幸虧一直有風吹我的身體，慢慢把火帶到我的腰際，終於我上襖的下襟著了。我的上身無法移動，我無法阻壓這份火勢，我只能忍受著灼痛，掙扎著使那綁在我身上的繩索湊著這個火力。這樣不過三分鐘的工夫，於是一個奇跡發現了。原來我上襖的口袋裡藏有兩包洋火，這時突然爆烈了，它恰巧在綁我的繩索的下面。

這真出我意外的生機，我掙扎幾下，繩索就在火焦中斷了。幾分鐘之間我就脫縛而出，我撲滅了我身上的火星。我發現我胯下的兩側已經燒破，上襖的下襟也有焦缺，但是紫裳的那包頭髮是完整的，連那個花綢的包袱。

我檢點我身邊的財產，除了那包紫裳贈我的頭髮以外，我身上還有一塊燒了幾個焦洞的手帕。一切錢財乾糧都已沒有。在不遠的地方，我還看到我的手杖。我把紫裳的頭髮納入我的衣內，拾起我的手杖。我還想在這群強盜棄置的廢物中找些什麼，但是什麼都沒有了。我的盥口杯也已被他們帶走，我只得拾一個破鐵罐帶在身邊。地上我還找到了我的牙刷，其他再無一樣可以利用的東西了。

天色已經亮了，一直對著火光，我沒有注意。如今我看到東方天際隱隱約約的紅色，它在無邊青藍的天空湧現。

一片白色的原野浮出銀色的閃光，遠處是斑白的山嶺。我癡望著許久，想我第二步應當取的步驟，我知道放在我面前的是兩條路，一條是求人憐憫，我去行乞；一條是對人脅勒，我去行劫。我也想到我會重新回到穆鬍子的地方，配備了行裝再走。但是我有一種奇怪的感覺使我怕這樣去做。

我用我的鐵片罐盛滿了雪，重新放在殘火上，我需要喝點熱水，也需要清醒一下自己。我開始坐在火旁，想我應當採取的路徑。就在這時候，太陽已經升起，白色的原野閃出金光，我喝了滾熱的水，用破絮揩了揩臉。我站起來開始走我沒有目的的路途。

我不知道，如果我重新回到穆鬍子地方，我的命運會是怎麼樣。可能我被他留下而不再出來，也可能到竇公集我被軍隊抓去，當我是土匪而被殺，也可能穆鬍子因我關係而同我一起出來……總之，是禍是福，都無法推想也都無法想像。但是我所以沒有採取這條路，原因還是我怕在穆鬍子面前丟臉，他又會譏笑我究竟是一個書生。

自然，如果我回穆鬍子地方去，我還要走六七天的路，這長長的時日，我就需要用行乞或行劫才能夠生存，而那面正是接近軍事行動的區域。有這六七天的忍受的必要，我也許已經可以混到長江船上回上海了。

這時候天色已亮，紅光中湧現出太陽。我不知道我是否走錯了路徑，但我知道陽光所給我的方向。我希望我不久可以看到一個村落，我可以找一點食物，問一問路徑。

等太陽慢慢升上來的時候，我才真的感到它對我的重要。後來想起來，覺得如果那一天是陰雪的天氣，我真將不知道是否可以渡過這個難關。陽光不但給我溫暖，還給我精神上一種力量，我已經幾天沒有睡眠，又倦又餓，但是我知道必須振作著向前邁進。只要可以走到有人群的地方，我總可以有救了。

支持我的心力的是希望，可是希望無法兌現的時候，一切飢餓與疲乏都來打擊我了，在三個鐘頭的路徑中，我竟碰不到一個行人。這時候，我真有點支撐不住自己。但是我知道我是不能停留的，一停留下來我就不能走動了。我支著手杖，低著頭，只看前面一步的路，這樣足足走了兩個鐘點，我才再佇立瞭望望四周，忽然我在前面白色山嶺間看到了一個灰色的影子，我凝視許久，覺得我應當向這個影子走去才對。我希望這個影子會是一個庵或廟，但也可能是一個亭子。不過即使是一個亭子，那麼離它不遠的地方總會有一二村落，只要我走上了這座山嶺，居高臨下，我就可以望見一些人煙了。這樣一想，我又重新燃起了希望，我用最後的力量向那座山嶺走上去。

我想每一個生命的歷程正如我這一段的旅行，許多意想不到的挫折會使你癱瘓，但也有意想不到的希望在鼓勵你前進，而任何的希望偏又像那山頂的影子，遠望似乎很近，走起來又是這樣遙遠。

在這長長的路途中，我多少次都想放棄這個目標，可是又因為這目標一點一點清楚起來，又不斷地給我新的希望。我終於看出那個影子是一所像庵堂似的房屋了。

我於下午三點鐘的時候走到庵前，庵旁確是一個亭子，正中地建在嶺上。亭子已經破敗零落，而庵房比亭子更顯破殘。我一面加緊走上去，一面害怕裡面會沒有住僧。

可是一到嶺上，向下一望，我不覺吃驚了，原來這一嶺之隔，竟有如許的不同。下面的雪似乎不大，也有一些樹木田野，而散散落落的村莊都清楚可望。可是這又是多麼遙遠呢。

我現在必需食物與休息，我已經不能再往前走。於是我闖進了庵門，所謂庵門並沒有門，只是一個石框，而裡面的房屋更像是幾經火劫，沒有一個完整的門牆。我踏著破瓦殘礫，一直走進去，於是我看到後面一個小殿，殿前窗壁全失，擱在那裡的是枯枝殘草編成的籬笆，而我竟在此聞到了一陣奇怪的香味。

從籬笆進去，我看到陰暗的角落裡有兩個和尚，坐在零亂的稻草堆裡，殿中的神龕尚存，灰黯的神像隱約可見。

我走向兩個和尚坐著的角落裡，但他們不但沒有對我招呼，而且看都不看我一眼。他們前面正放著一個火盆，火上是一個鐵鍋，裡面好像正在燒些什麼。一種奇怪的香味刺激我，我不知不覺就在這草堆上倒下，這像是一個受傷的人，看到自己的血一樣，我竟昏暈過去了。

不知隔了多少時候，我鼻子上感到一種熱香，我醒了過來，那兩個和尚在救護我。他們給我一種異香撲鼻的熱湯，我喝了多少口後，才慢慢地認清楚我的環境。

「謝謝你，謝謝你。」我說。

於是我吃到了混在湯裡的一些食物。我曾經在大小都市中吃過不少宴席，但是我從未知道食物於人是這樣的重要，而人的味覺竟能體會如此奇妙的滋味。

但是疲倦比我的飢餓還要強烈，我望望我身旁兩個和尚的臉不知不覺地說：

「可憐我，讓我在這裡睡一會兒吧。」

而我意識到我眼角裡正流著淚。

沒有人會知道我的眼淚是由於什麼樣的感觸。這不是傷心，也不是悲哀，與其說是感激，不如說是慚愧，與其說是慚愧，不如說是一種懺悔。

請一切不能瞭解我的人可憐這懦弱的人性吧。

不瞞你說，當我走進這個小殿看到這兩個和尚的時候，我的第一個念頭正是強盜的意向。我相信我的手杖與我的氣力可以折服他們，甚至打死他們；但當我看到他們並不驚惶與理睬我時，我就倒在他們的面前了。我不知道如果他們當時不是這樣的話，會有什麼樣的後果，也許我憑最後的力量真是把瘦弱的兩個善心人都打死了。

人在社會中求生，除了行乞，就是行劫，要不然就是行騙。弱者行乞，強者行劫，狡黠者行騙。如果你曾經把社會上生存的人作過這樣的分析，那麼請原諒我在這裡的坦白與眼淚吧。

這是一生中最溫暖的一個回憶，也是我一生中最甜蜜的一次睡眠。我沒有雜念，沒有憂慮，沒有害怕，也沒有任何的夢。

一覺醒來，已經是第二天的清晨，靠在我身邊蜷伏著另外一個人身。而兩個和尚仍是趺坐那裡。火盆還是旺著，鍋內仍是燒著香氣濃郁的食物。

我重新細認我的環境，我開始坐起。我坐火旁有十分鐘之久，才開始看到右手的和尚微微張開了他閉著的眼睛，於是我說：

「謝謝你，老師父，你救了我一命。」

「苦難，苦難，阿彌陀佛。」他開始說了，「你現在應該再吃一些。」

我沒有客氣，就打開鍋蓋，用瓢掐鍋裡的東西。這一次我可嘗出那裡面煮的是什麼了。那不是別的，只是番薯。可是它竟是這樣的甜美。

我發現那個作聲的和尚大概有五六十歲，而另外一個已經是七十以上的老人，我吃了三瓢，看裡面所剩實在不多，不敢再吃。我極力想找話同我右手的和尚談談。可是他只是給我簡單的應諾，他並未問我來歷，也沒有詢我底細。於是那個蜷伏在我身旁的人醒了，這是一個年輕的和尚，我不知道他是什麼時候來的。他一面起身，一面對我說：

「你睡得很好？」

「謝謝你。」我說著注意到他壯健的身軀與他清秀的臉龐。

他在殿外打了半小時的拳棍，才重新進來，在鍋裡加些水，又加了一些東西進去。我說：

「這是什麼？」

「番薯乾。」他說：「我們只有這個，春天夏天我們還有別的可吃，冬天就只靠這個。因此我們要在冬天來前要把番薯曬好儲藏起來。是個苦地方，你知道。」

天色已經亮了，殿外有一種我所不識的鳥掠過，拖長地叫出一種刺耳的聲音。我想這是我趕路的時候了，我起身告辭，對那兩個老和尚道謝。那個年輕的和尚忽然從稻草底下捧了一捧番薯乾為我納入衣袋裡，他送我出來，一面說：

「幸虧你昨天來，要是今天來，我們已經搬走了。」

「你們要搬走？」

「你看這地方！宏覺庵的師父一直叫我們搬到那面去，但是師祖怎麼也不願意離開這裡，昨天我回來又勸他，他總算答應了。」他說。

「那麼，我的被救也是一種……」

「這是緣。」

「我以後怎麼樣可以來對你們報答呢？」我說，「宏覺庵在哪裡？」

「離這裡二十幾里，」他笑著，忽然說，「你不必記這個地址，有緣我們哪裡都會見面的。」

走出山門，對著遠遠浮動的紅霞，他指點我一些方向，我就開始向嶺下走去。

太陽已經照在山嶺，前面展開無限的廣闊的世界。這是與嶺背的世界完全不同了。那裡有未枯的樹，有疏落的村莊，炊煙嫋嫋而起，遠遠地我還望見了發亮的河流與蜿蜒的公路。經過了十幾小時的睡眠，我的體力已經恢復不少。我嚼著番薯乾，有飽滿的精神走我前面的途徑。

一個人從死裡逃生出來，對於任何不滿意環境也開始滿意了。我已經不再懊惱我之所失，一切我之被劫的財物較之老僧所給我的恩惠是多麼微小。一個人如果要在人群之中發現一些真正可貴可敬可愛的事物，他似乎必先拋棄他一切的所有才行。倘若我未被洗劫，那麼我最多在破庵裡借宿一宵，而我一定還會警覺地提防老僧們的惡意，我何從體驗這份他們所賜我的奇跡呢？

我一面走著，一面想著。天空上出現了美麗的長虹，我望著燦爛的奇景，心境非常開朗。我邁著很大的步伐，從彎曲的山道下來，一回頭看到這破庵已經離得很遠。轉彎過去，沒有幾步，我發現我下面一條山路上也有一個孩子伴著一個老人在下山。要是在昨天，我知道這樣的機會我是不會錯過的，我一定很快地趕下去打劫他們了。但是如今我不但不想行劫，我也不想對他們行乞，我只是想可以下去同他們走在一起，讚美這美麗的太陽與世界。

但是我趕了幾步，並沒有再趕前去。我已經可以比較清楚地看到他們，他們是這樣的親近，我不願意前去打擾他們。他們在這山道上像與大自然融在一起，正如一幅美妙的山水畫裡需要有他們點綴一樣，少一個不行，多一個就會可惜。我一直望著他們，於是我童年的回憶都浮了起來。我想到我與我父親也曾有過這樣的日子，可是因為他病了，他離我很遠；我也想到我與舵伯也曾有過這樣的日子，可是因為他富了，他離我很遠；我也想到紫裳，但是她成名了；想到穆鬍子，但是他有了他的權勢；我無法同他們有一個共同的世界。我只是一個人，一個人走著茫茫的路。我不知道我應該去求些什麼。

三十七

人性是善是惡的問題，我沒有徹底地研究過，但是反省自己，善與惡的界限真是只有一線之隔。如果我沒有在絕路之中得山僧的救援，我想為求我的生存，我會不惜做出殺人放火行劫的事情，可是如今我對世界的體驗竟是這樣的不同，我已經有一種奇怪的自信，覺得我不需要殺人放火或行劫而一定可以生存下去了。我知道我在絕路之中，一定還會碰到昨夜的山僧般的人來救我的。所以我可以毫無憂慮，坦然地走我自己的路途。

奇怪的是這一嶺之隔，我的世界有想不到的不同。昨夜所過的是荒漠冷酷的生活，今天所見則是青蔥溫暖的天地。昨夜碰到了強盜，今天我所碰到的則是樂善好施的人。中午我到了一個村落裡，向一個村婦打聽路徑。我沒有想行乞，更沒有想打劫，我打聽路徑，坐在樹下一塊石頭上，吃我袋裡的薯乾，可是我就被招待著去吃一餐飽飯。許多村人知道我是隔嶺劫後的餘生，都來打聽我隔嶺的情形，飯後我告辭的時候，還有許多饋贈。

傍晚時候，我在另外一個村莊裡借宿，一個老婦問了問一個中年的男人，就歡迎我進去。那個家庭有一對中年夫婦，那位老婦就是他的母親，還有一個少女是他們的女兒。我去借宿的時候，他們已經用過飯，我拿出日間人家之饋贈物來當晚餐，並請他們共同吃些，他們知道我沒有用飯，一定要燒點熱食給我吃，吩咐那個少女下廚，這真使我非常過意不去。

現在我知道他們是姓周，與我是同姓。周大叔，這是一種普通的尊稱，我就這樣稱呼他了。是一個近六十歲的農夫，棕色的面色上有黑色的皺紋，但看來仍是非常健康。當他知道我是從隔嶺過來的，就向我打聽那面的情形。我自然沒有告訴我的底細，我知道我的底細他是不會瞭解，我只說到竇公集去訪一個親友，沒有找到，一路來遇到強盜，被洗劫不名一文，幸虧在嶺上得老僧救命種種。一切我所說的他都沒有一點懷疑。

他問到我的家世與去處，我說我父母都已去世，世上也沒有什麼親人，但是上海還有老世交，所以我想回上海去。

周大嬸幫同她的女兒拿飯菜上來，是一碗芋頭和一碗鹹菜湯，還有一小碟醬豆腐，但有熱烘烘的米飯，周大嬸還客氣地說鄉下沒有東西，但是我可吃得非常甜香。

當我吃飯的時候，他們一家四人都坐在一屋。那位周小姐大概有十六七歲，身材長得很高，留著一條長長的辮子，她坐在稍遠的地方，她的祖母的旁邊，一直聽我們在談話。不知怎麼，好像周小姐同她祖母說了一句什麼，她的祖母忽然笑了一聲，於是看了我好一會，很認真地走近桌邊，她說：

「阿清說他像她哥哥。真的，真的。」

如今我知道周大叔還有一個兒子，他比周小姐大五歲，兩年前聽朋友慫恿，相偕入山去了。兩年中只來過一封信，說他在山上很好，請祖母與父母放心。我知道所謂入山，一定是在唐淩雲的部下，但是我細細想在記憶中搜索這麼一個人，總是想不出來。我已經說謊，自然不便說我也是從那裡出來的。如果我說出實情，他們打聽不出兒子的情形，也許更為失望了。所以我沒有再說什麼，但我望著這一家的面貌，細細在記憶裡尋一個相仿的面貌。

自從老祖母對我認真一看以後，房中的空氣頓時不同了，我似乎提醒了他們失去的兒子。而我，一個陌生的人，竟無從找合適的話去安慰他們。

飯後，我們大家很早就寢了，他們帶我到一間有兩扇紙窗的房間，留了一盞小小的油燈給我。

天氣很冷，我也已經很疲乏，但是睡在床上，竟不能入夢。我吹熄了燈，紙窗外透進淒白的光亮，我也發現板壁縫裡隔房的燈火。夜是靜寂的，人間是溫暖的，我並沒有什麼憂慮，對我的前途也有奇怪的信心。唯一縈繞我的思慮的是剛才這一家人的空氣，我還在搜索唐凌雲部下的每一個面貌，我希望我可以發現一個奇跡，使他們重新有他們的孩子。就在這時候，突然我清楚地聽到他們談話的聲音。

「我想他倒是一個好人，你也要一個人幫忙。」周大嬸的聲音。

「不知道他家裡還有些什麼人？」周大叔說。

「剛才他並沒有說有家。你現在也不必想這麼遠，先請他在這裡幫幫忙，日子多一點，試試，再講別的。」又是周大嬸的聲音。

「要留他倒是要先說明，否則他為目前的生活倒答應了，以後忽然離開我們，這更不好。而且阿清也大了，定了身分，清清楚楚。」

「這話也是，那麼明天你先探探他看。」

「……」

以後的話，我再也聽不清楚，最後那線壁縫裡的燈光戛然滅了，整個的夜就十分寧靜。

我知道他們所談的是我，究竟我有什麼地方像他們的孩子呢？使他們對我有這樣的好感。但是，我竟無法接受他們的美意，我說不出理由，我當時竟是這樣地想回到上海。實在說，我沒有父母，也沒有什麼親人。舵伯、紫裳、衣情、老江湖，……這一群人早已沒有消息，我不知道為什麼當時竟以為他們還都照舊同我有些聯繫。

一個人要知道未來，就容易安排現在。任何的未來就是一種夢想，而這夢想好像都比現在燦爛。即使是想自殺的一個人，我想他一定是以為死後會比現世幸福與燦爛，否則就不會有任何行動的力量了。這是人類生命裡的弱點，也是生命推進的一種力量。可是一個人往往為未來的夢想而疏忽了現在的美滿。我真該永遠後悔沒有接受周家的美意。

那一夜我很晚才睡著，但是我睡得很好，我已經好久沒有在和暖的被鋪裡睡了。一覺醒來，我一眼就看到紙窗外面的陽光。我趕快披衣起來，我只覺得我需要早點趕路，沒有想到別的。但是周大叔好像等我起床似的，我剛打開門，他就進來了。我馬上想到昨夜聽到的話，我知道他的來意。我說：

「想不到我睡得這麼晚，我實在太累了。」

「為什麼不多睡一會，你該好好休息休息。」他說。

於是，他歇了半天，才訥訥地說：

「我有一件事情想同你談談。你知道我的母親覺得你很像她的孫子，我們兩夫妻也覺得……你，你……你很像他，昨天你說，你並沒有一個家，也沒有什麼親人了，那麼你就在這裡好麼？阿清今年十八歲，我們也想為她做一個人家，不過我們沒有了兒子，不願意我們的女兒再嫁出去。倘若你肯留在這裡，我們也算有了依靠。不瞞你說，我雖是還壯健，可是眼睛越來越不行，一個人也照顧不了這二十來畝地。我想你一定也是種田出身的，亂世裡，哪裡都是一樣……」

他的話斷斷續續，有點詞不達意；我心裡感到說不出的感激與慚愧，一直聽著，沒有說什麼，但是這時候我實在忍不住了，我說：

「周大叔，你實在太好了，但是我知道我不會是你所想要的人。我雖是種田出身，不過我已經好久不種田了。我也許本來是一個安分守己的人，可惜我已經野慣，像一隻野鳥一樣，不會在一個平靜的園地裡耽下來的。你們說我像你們的兒子，也許是的，那麼我也只是像你的兒子一樣，終要遠離你們的。與其將來要走，不如現在讓我走吧。」說完了，我站起就想走了，可是這時候他的女兒阿清端著早餐進來了。

「你要走，我當然不會勉強你，不過你也吃點東西再走。」他說。

我當時看著阿清把一碗稀粥同兩只山薯放在桌上，我不覺看看阿清。昨夜天色已暗，我沒有對她注意，如今我則看到她伶俐秀麗的面貌了。她有一副嫵媚的眼睛，低低的鼻樑，薄薄的嘴唇。她穿一件藍布的上襖，一條藍印花的褲子，她的修長的身軀是健美的少女的身軀。她把東西放好，我看到她有點凍瘡的粗健的手，不知怎麼我一霎時竟想改變了我的主意，我為什麼不能夠忠誠安分地做這個沒有沾到任何風霜露水的鄉女的丈夫呢？

阿清似乎已經意識到我在注意她了，她瞟我一眼，留一含羞的微笑就出去了。

當我坐下來吃早點時候，我對周大叔說：

「你剛才同我講的話，她有點知道沒有？」

「不瞞你說，一清早她的祖母已經問過她了。」

「她願意麼？」我直率地說。

「她沒有不願意，她說只要你肯孝順我們。」

「真的？」我說。

「那麼你願意耽下去了？」

「不，不，」我說，「今天請讓我走。我於一年中一定回來，至遲到明年今天，如果不回來，那就不要再等我了。」

「那是為什麼呢？」

「我要到上海去料理一些事情，不瞞你說，」我不得不撒個謊，說，「我還有一些小小的產業，我要摒擋了帶來。我們可以過比較好一點的生活。」

說著我就站了起來，我到了床邊，背著身子，把紫裳的頭髮塞到懷裡，我拿著那塊包頭髮的花綢交給周大叔。我說：

「我身邊只有這塊圍巾還好玩，請你給阿清好了。她還年輕，如果不急，就等我一年，如果不等，也沒有什麼，我不會怪她。倘若明年今天我還不來，那麼不是我死了，就是我已經不配做她的男人了。」

「她還年輕，你放心，一定可以等你。」

「但是最多一年，明年今天我不來，千萬不要再等了。」我說。

我沒有再說什麼，出來對周大嬸及老祖母告別，但是我沒有看見阿清。周大叔一直送我到路上，我叫他回去，他才同我道別。可是這時候，我遠遠地望見阿清站在門口，不知怎麼，我竟有一種第一次出門遠遊的孩子一樣的感覺。

回過頭，我很快地就上路了，我望著遠處的山與陽光，我再不敢回望後面的房屋，可是當我走到村口不遠，周大叔又追上來叫我了。

我站定了，看到他手裡拿著一個包袱，他說：

「這是一套棉襖褲，是我的，你路上可以穿。」

我接在手裡，對他道謝，於是他又從懷裡拿出一包銀元給我，他說：

「這是我女人的，說是給你做盤纏。」

我雖是需要，但是我無法接受，我謊說我不遠就會有朋友，不需這錢，無論如何叫他拿回去。

於是，他又從懷裡掏出一把半圓形的烏木的木梳，上沿嵌鑲著螺鈿，成一個簡單的龍鳳圖案，他說：

「這是阿清的，她一定要你收藏著。」

我收了木梳與包袱，一定要把銀元退給他，他不肯收，他說：

「這是妻的意思，你拒絕就是不領受她的好意了。我們已經是自己人，你不該客氣。」

在再三推辭之下，我終於打開了他的紙包。裡面是十塊銀元，我拿了一塊，說：

「這就算我領受了。」

這樣，他終於把其餘九塊錢收了起來。最後，他又給我一個破舊的信封，說如果肯寫信給他，就照信封上的位址寫，他就可以收到的。

我真是糊塗，一直到那時我看到了那個信封，我才知道了他的名字，他的名字叫作「周泰成」。

我別了周泰成趕我的路時，我心裡有奇怪的快樂也有奇怪的痛苦，快樂與痛苦本來是交替而來，世上沒有單純的快樂與單純的痛苦。阿清的印象，那遠遠地站在門口望著我的印象，這時候在我腦子忽然濃了起來。人所最不能瞭解的往往就是自己。我也不敢對自己承認這是所謂愛情，但是我所體驗的情感則是我從未經驗到的。曾經同紫裳濃戀熱愛的我，這時候我對於自己的情感非常輕視。我不知阿清對我的感覺是怎麼樣。是我在某些地方像她的哥哥給她的暗示，還是她家庭裡的一種空氣對她有一種催眠？她對我竟像寄予奇怪的期望，我揣摩著她給我的木梳，感到一種又害怕又慚愧的威脅。

請原諒我自己所無從分析的心理吧，是善是惡我已經不知道，但這，與其說是我想到的，毋寧說是思想偷襲到我腦子裡來的。我竟從木梳聯想到紫裳所給我的頭髮了。

我走著走著，奇奇怪怪紊亂的夢想沒有離開過我，太陽慢慢地直起來又斜下去，我忘了飢餓與疲乏，我有一種說不出的興奮遐想到許多可能的前程，與以前在小說裡戲劇裡的故事都湊在一起，我覺得我所可走的路都是命運決定的，而我一直只是對命運在猜測罷了。

我沒有再到路過的鄉村裡停留，一直到黃昏時分，我才發現來往的行人多了，而我也遠遠望到比櫛的房屋，我知道前面是一個市集。這時候我雖是可依靠命運的擺佈，但是我的頭腦必須離開對命運的猜度，而須應付目前的環境了。

三十八

到我前面的那個市集時，大概是下午三時。那個地方叫作回峰集。這是一個小小的市集，前後不過兩條街，我用幾分鐘的時間就走遍了。我肚子很餓，但是不敢用去我唯一的一塊銀元。我一面觀察，一面忖度，我所想的已不是行乞或者打劫，我希望在許多提攜搬運的生活中，找一份工作。要是我想去上海，我必須要做工省錢，才能夠湊一份盤費。但直到我走盡了這兩條街道，我還是找不到有一個可以讓我進身的機會。

於是我看到有人肩挑著行李在向前走，我跟在後面，順便向挑夫打聽。我知道他們是搭公路車去的。我就一直跟著，到了車站，我開始清清楚楚地知道我現在所處的地位，如果我想搭長江船回上海，我還需要在公路上旅行一二星期。這當然也要一筆很大的旅費。因此我當時就希望可以在這公路站上找點打雜事做，倘若可以同司機混熟一點，也許可以賴搭黃魚的辦法一步步移向目標，但是這公路站實在太小，只是一個過路的小站，一共也不過三四個職員，沒有一輛車子曾在這裡過夜的。

我在那裡盤桓許久，最後我頓然悟到我應該先到一個較大的城鎮去，我在價目表上細找，我知道C城是一個較熱鬧的地方，但是車票需要四元八角。我又在行車時刻表查到這班車正是駛向C城去的，離開車時刻還有二十四分鐘。我必須在這短短時間內要籌三元八角現金。

我唯一可想到的是周泰成所送我的棉襖褲了。

我身上所穿的那一套上襖，下襟有點焦缺，但還是可穿。可是褲子的兩腿間被火燒焦的地方，因為走了很多的路，棉絮已經露了出來，所以我很想換一條新的。因此我希望只賣掉一件棉襖，而可以有三元八角的代價。

車站也有幾個等車的人，還有一些小販，我覺得都不是買主，因此我趕快回到市集，市集上也有兩家舊衣店，但是兩家都是一樣，他們先只肯出二元，後來出到二元半。不過，如果我也肯把棉褲一同賣去，他們可以出三元八角。不知怎麼，當時我竟因剛才的決定，只想賣去上襖。也許還是我自己的棉褲已破，或者我也想留下一點周泰成的紀念，我拒絕了他們。

我一個人摸到了一家茶館。

我在茶館裡泡一壺茶，同夥計閒扯，於是談到舊衣鋪的苛刻，這樣一件棉襖只給我二元五角。這時候，茶座上有好些客人，聽了我的牢騷都來看我的棉襖。於是，有一個老頭子問我了：

「那麼你要多少錢？」

「我只想賣五塊錢。」我說：「我因為少盤費，所以才想把它賣掉。」

「賣給我吧。」另外一個跛子走近來，他拿著棉襖看看：「我給你二塊半。」

「我至少要賣五塊錢。」我說。

「好吧，我給你四塊。」第一個老頭子說。

「人家也是為路費，你們要，就多給他幾角錢。」一個胖胖的女人，像是老闆娘，用討厭我們喧鬧的口氣說。走過來，看看棉襖，又說：「我出四塊五角，你留給我好了。」

「我難道出不起四塊五角？」第一個老頭子又說，「你賣給我。」

「你就賣給他吧。」那個胖老闆娘對我笑笑說。

我終於把那件棉襖換了四塊五毛錢。我拿了錢趕到車站，但是那班車已經來過開了，在那個小站上，它只停五分鐘。而下一班車要在第二天上午十點鐘。

天下的事情就是這樣決定了人的命運。

在萬分失望之下，我重新回到市集，我還是摸到那個茶館裡求借宿一宵。

原來那些市集裡的茶館，都有鋪位給趕集來的鄉人住夜的，它的代價是肆角錢。我當時付了錢，又去街頭蹓了一會，買了兩個饅頭，再回到茶館。就在我拿出兩個饅頭充饑的時候，這個胖胖的老闆娘過來同我交談起來。

她先問我要去哪裡，我說C城，她說她就是C城人，又問我到C城是否探親訪友，我老實告訴她我在那面無親無友，我的目的是搭長江船回上海去。因為沒有盤費，所以想到C城找點工做，積了些錢可以做盤費。她先沒有說什麼，只是同我談些別的。慢慢地她告訴我她丈夫本來是這裡警察局的巡長，前年死了，她又告訴我她的身世，說她家在C城本來很不錯，父母死了，她愛上那位巡長，就跟他到這地方來，自己開了這個茶館。她有一個舅父，在C城開個旅館，她也有股份，現在很發達。如果我要找事，她介紹我去看他舅父，也許不難。我當時就求她給我幫忙，她說等茶客散了，她叫掌櫃為我寫信。

當時茶客們都已散盡，小夥計已經在紙窗外上門板。但還有兩個年老的人在一個角落裡下象棋，老闆娘過去就去催他們明天再下。一面夥計們已經開飯。這時候老闆娘忽然叫我一同吃飯，我計算我明天的旅費，自然不想過去。但是她竟拍拍我的肩膀說：

「不要害怕，我請客。來，來。」

我望著那面熱氣騰騰的飯桌，也就不知不覺跟她去了。

她坐在首席，我坐在右首。一個老年的戴白銅邊眼鏡的掌櫃坐我對面，下面是三個夥計，一個癩痢頭，一個跛子，另外一個還很小，很瘦，正在端飯。

老闆娘前面有一壺酒，一只杯子，但她一坐下，就吩咐頂小的夥計多拿兩只杯子，一個給我，一個給老掌櫃，她為我們斟酒，叫我們陪她喝幾杯。

我已經好久不聞酒味了，在這寒冷的冬天，我是無法拒絕主人的殷勤的。老掌櫃喝了兩杯就吃飯了，可是老闆娘還是為我斟酒。

這時候一個鄉下人走進來，同老闆娘打一個招呼，匆匆拿起桌上一盞油燈，就走上樓去。

老闆娘當時就告訴我說：

「他也是我們的房客，到集上來，就住在這裡，也是老朋友了。」

這時，那面下棋的茶客也走了，小夥計放下飯碗，進去收拾房具，拴上了門。接著另外兩個夥計也吃完了飯，他們就忙著，拼桌板鋪蓋。

而我還陪著老闆娘在喝酒。

老掌櫃吃完飯，小夥計打來了手巾，他揩揩臉，點上了旱煙，一個人走到夥計們為他鋪好的鋪位上去。這時那個小夥計仍伺候著我們，我就說要吃飯了。但老闆娘堅持著要喝乾壺裡的酒。

在一直為現實計較著盤費的當兒，我始終沒有心情對這位老闆娘注意，如今我開始意識到她是個女人。我發現她胖胖的臉上有兩個酒窩，她眼睛又細又長，笑起來成了兩條縫，發腳很低，扁鼻樑，但有兩片薄薄的嘴唇，一排白皙的牙齒。她大概是三十以上的人了，可是還保存二十歲纖白的皮膚。她在斟酒的時候，似乎故意把袖子攔上她戴著金釧的手臂，露出她肥白的胳膊。

吃了飯，我和老掌櫃聊了一會。再回頭的時候，老闆娘已經不在。老掌櫃叫小夥計帶我上樓。他手上拿著一盞跳動著火光的油燈。

樓上是黝黑的，一上樓梯，就可以看到有三間房間，正面一間是用半截的板壁攔出來的。門關著，伸在半截板壁上面的是一些堆滿灰土的粉袋。右手一間掛著花布的門簾，門縫裡，透露出亮亮的燈光。小夥計帶我進左面一間房，房間很大，放著八張床榻。頂裡面靠窗的一張床睡著一個人，他已經在打鼾，想來就是剛才上來的鄉下人了。其餘的床都是空的。房內只有靠窗有一張板桌，小夥計把油燈放在桌上，桌上還有一盞已滅的油燈，想是那位睡著的鄉下人拿上來的。小夥計就拿起那油燈，湊在燈火上，點亮了，拿著燈就走了。

樓下有茶爐火灶，所以很暖和，樓上就不同了，這間房又大又空，像是窗壁間都有風進來似的，我打了一個寒噤。摸摸板床上又硬又冷的藍布棉被。忽然想起房門沒有關好，我就先去關門。

門是木板的，好像好久沒有人動過，嘎嘎作響，於是我看見對面的花門簾忽然掀起，一道很亮的光線透出來。跟著就出現了老闆娘胖胖的身軀，她手裡拿著一紙信封，對我說：

「你要睡了麼？先來看看這封信吧。」

我知道這是給我的介紹信，就走過去去拿，但是她忽然說：

「你把燈拿過來吧。」

我回來拿了油燈，再出去的時候，老闆娘已經不在門口，我只得走過去，在花布門簾前叫她，她在裡面說：

「進來麼，怕什麼？」

我掀著花布的門簾進去，第一就覺得裡面又暖和又光亮；這房間不大，中間放著一個煤球爐。四周圍都是東西。一張木床占去房間一半，床後是幾只紅漆的木箱，前面是一張方桌，桌上有一只古老的鐘，一只瓷花瓶，裡面插著紙花。牆上掛著一些照相同月份牌，我也沒有細看。

老闆娘穿著花布的棉襖，沒有扣領上的鈕子，露著裡面粉紅色的襯衫。下身她就穿著粉紅色絨布的褲子，坐在床邊上面對著爐火。看我進去了，她沒有動，只是眼睛望著我，露出她胖臉上的酒窩說：

「你好像很害羞似的。」於是她指指桌上的信封，又說：

「信，你自己寫吧。我蓋章好了。」

我看信封上已經寫好地址，我說：

「我現在就寫好麼？」

「自然了，你坐在那裡寫好了。」

我於是就坐在桌旁的椅子寫信。信很簡單，我很快就寫好，但一回頭，我看到房門已經關上，老闆娘正在後面小桌上倒酒，她遞給我一杯，於是拿了兩碟小菜到方桌上，一碟是花生米，一碟是豆腐乾。說：

「好冷天，喝一杯。」

「信已經寫好了。」

「很快，」她說，「你大概也讀了幾年書。」

她沒有看信，也沒有叫我讀信，只是拿起酒杯，又說：

「我就給你蓋章。不忙，是不？先喝一杯酒。」

我沒有作聲，喝了一口酒。她忽然半認真半開玩笑似的說：

「我給你介紹事情，你打算怎麼樣謝謝我呢？」

「我，啊，我……我如果到了上海，一定先買東西謝你。」

「到了上海，你還不忘了我。東西，我也不稀罕。」

「那麼……」

「你同我喝酒吧。」她又為我斟了一杯酒。

……

在寒冷與溫暖，黑暗與光亮的對照中，外物的誘惑使我內心再無抵抗。自從那天以後，我再不敢責備少女們為物質享受而疏忽了她心靈的美麗。

我們都是血肉之體，機緣造成了彼此飢渴的安慰。高貴純潔的神對人的苛責我不能計及，可是人世的觀念不能不使我內疚。究竟我為她這封介紹信，還是為她不可抗拒的肉體呢？要是沒有這封介紹信，我也許還更會感到溫暖。可是當她以此為我介紹信的代價時，我覺得一切竟是說不出的醜惡了。

一覺醒來，當我看到身旁肥胖的肉體時，我馬上想到阿清，那個含羞地站在門口望我的影子，我發覺我是多麼低微下濁呢？我還想到，倘若我當時收受他們的拾塊錢，我不是早就到了C城，就再無從發生這樣的事情了。我既然有勇氣拒絕周泰成拾塊錢的饋贈，我為什麼沒有毅力拒絕別的誘惑呢？

請一切具有肉體的人原諒我吧，我的墮落之處正是人人都會墮落的。而我的悔恨也正是人人都會有的悔恨。

我從恨自己而恨到我身邊的女人，我縱身起床，我希望很快地離開這裡。

我披起衣裳，換了周泰成給我的棉褲，重新包了小包袱，那裡面正有紫裳的頭髮與阿清的木梳。拿了桌上的信，我很想這樣可以不告而別，但是老闆娘已經醒了，她還要我繼續昨夜的溫存，但是我可再沒有昨夜燈下杯上的興趣了。她說：

「你可真是只為我那封介紹信麼？」

「隨你怎麼說。」我說著，望望紙窗外的陽光。

「你急什麼？」她說，「再住兩天去不好麼？」

「謝謝你。」我說。

「你現在要走？」她看看鐘又說，「就是今天走，也還早呀。」

「謝謝你，」我說，「我想外面去跑跑。」

「好，好，你原來就是為這封介紹信。」

我沒有分辯，把信遞還給她。頭也不回地匆匆下樓，一徑奔到街上。街上人不多，陽光很好，也沒有風，我在陽光下默默地走著。我沒有計劃，也沒有思索，但是我也沒有注意周圍，我跑盡了兩條街，於是我走到公路的車站上去。

可是老闆娘竟在車站等我，看我遠遠地走過去，她就跑上來了，她說：

「你怎麼生氣了，我不過同你開玩笑。」

「我沒有生氣。」

「那麼你回去，無論如何再耽一天。」她說，「明後天我同你一同去。」

「你不知道我，我不能再耽，也不會耽在C城的。」

「那麼，那麼，……」

她的胖臉上這時候沒有笑容，小小的眼睛張得很大，於是她流出晶瑩的淚珠說：

「你好沒良心。」
「為什麼這麼說呢？我們昨天才認識，算有過快樂的一晚，這不是很好麼？」
「但是我要你，我要跟你。」
「可是這怎麼可能，我是一個窮光蛋，袋裡只有一張車票的錢。」
「我有錢，我有錢。」她說。
「但是這是你的錢。」
「我的錢不就是你的？」她說。
「這是什麼話呢？老闆娘，幸虧你碰見我，要是你碰見壞人。」
「我知道你不是壞人。」
我真不知道為什麼昨夜在燈光酒杯中她會有點動人，在青天白日下她可真是粗俗。她短矮的身材，粗胖的脖子，簡直令我感到討厭，臉上幾分俏麗，都因她沒有了興奮爽快的笑容與放浪的嗓音而消失。她一面說著，一面拿出花綢帕子揩她又腫又狹的眼睛。
但是我可忍不住笑了，我說：
「為什麼我會不是壞人呢？」
我一面說，一面走向車站。
「你一定要走，」她說，「也好，那麼你在那面等我，我明後天就來。」
「為什麼你要來呢？你來也好，但是我們只是普通朋友一樣，好麼？昨天你錯了，我也錯了。」

我買了車票，她還是不走，我們一同坐在候車的長椅上。最後她從懷裡拿出一包錢同一封信給我。她說：

「這是信，你一到就可以去找我舅父。這是錢，你會要用的。」

「我不要錢，我已經買了車票。」我說著收了她的信，又說，「謝謝你。」

「但是錢，你還是會要用的。」她還是要把錢給我。

「我不能收你的錢。」

「這點錢，也不必這樣推託，你就算借我的好了。」

「我真的不需要用錢。」我說著覺得很窘。

「你拿著，拿著。」她還是堅持著要給我。

就在這個很窘的時刻，車子到了。等車的人都跑過去，我也就借此把錢推還給老闆娘，就走向車門。下車的人不多，我又沒有什麼行李，所以就很快地上了車。車上還有幾個空位，我就坐在右面的一個。再回頭同老闆娘告謝，請她回去。但是她還是站在那裡，一直到車子開了，她還說：

「明後天我就會來的。」

「好，再見，再見。」我說。

三十九

C城並不是什麼大城市，但是已經有了電燈，街上總算很有幾家較像樣的鋪子，這使我精神頓然煥發起來，好像我離我的目的地真是近了。

下車以後，我沒有馬上去通成旅館，去找那位胖老闆娘介紹的她的舅父毛揮國。我已經好久沒有見到這樣的街市，所以我很有興趣在街頭走走。

我上車時候還有三角現金，曾經花了一角錢充饑，現在還有兩角錢，我並不想買什麼，但城市裡還是有許多花錢的誘惑。幸好沒有用那位老闆娘給我的錢，否則我這時該有多少的自由呢？

於是我忽然看到了我幾年沒有看的報紙。我很想買一份，但是這時我突然看到了一本上海出版的畫報，這畫報的封面是一個非常美麗時髦的女性，我一時真的吃了一驚。

「啊——紫裳——」我不禁叫了出來。

這畫報的價格，恰巧是兩角錢，我毫沒有考慮，買了一本，順便我翻閱了一會報紙。

我發覺我離世界實在是太久了，報紙的消息在我都很突兀。中日的關係竟是十分緊張了。

我拿著畫報離開那家書鋪，一面再細看紫裳的肖像。我一面走路，一面翻著，我又看到了她的一些生活照片，她比以前好像有許多不同，但是我說不出她不同的所在。

「也許是成熟了。」我想。裡面的文字都是對她的讚美，但使我覺得新鮮的，是她已經主演了八部電影，成了很紅的電影明星了。

一切沒有出我意外，可是在這裡，在我最落魄的時候，用了我最後兩角錢的財產來看到紫裳的消息，才真是意外的意外了。

於是我想到老江湖，想到舵伯，想到衣情，還想到小江湖與黃文娟，我忽然感到人生真是太渺茫了。我一面胡思亂想，一面無目的地走著，一直到我被人撞了一下，我方才清醒。我拿出那封我自己為自己寫的介紹信查看通成旅館的地址，我問路邊的行人。

我找到通成旅館並沒有什麼困難。

那是一所很灰舊的舊式旅館，門口停著幾輛洋車。門內旁邊就是帳房，望進去就可看見灰暗的大廳，我在帳房裡問毛揮國先生，把我的介紹信交了進去。

隔了好一回，一個夥計叫我進去，穿過帳房，走進裡面一間房間，我看見一個胖胖的養著稀稀疏疏鬍子的人，躺在一把鋪著棉墊子的竹榻上。

他穿一件灰布長袍，捲起三寸長短的袖子，露出白色的襯衫。一隻手拿著那封介紹信的信箋，望著我進去，沒有起身，也沒有笑容。

這時候，我頓然悟到我的那封介紹信寫得太隨便了。早知道當時我與那個女掌櫃有男女的事情，我似乎很可以把自己吹噓一些。

這時候，毛揮國在我身上打量了一下，他說：

「你會做些什麼事情呢？」

「我什麼都會一些，寫信、記賬、打掃房屋……」

「很好很好。」他說，「可是這裡人已經不少。你如果要在這裡，就侍候侍候客人好了。這裡忙月裡客人很多，現在還是淡月。不過夥計們都沒有薪水的，靠客人們賞小賬。你願意就耽在這裡。一切規矩你可以問老耿。」

我心想，既到這裡，只要有吃有住，我就先耽下來再說。我當時就滿口謝謝。老耿就是帶我進去的一個夥計，他當時就帶我出來，介紹我帳房兩位先生，一位是五十歲左右高高瘦瘦的方先生；一位是三十幾歲分梳著頭髮的牛先生。牛先生長得很粗壯，有一張很開朗的方臉，厚厚的嘴唇，大大的眼睛，只是鼻樑低一點。他看我一眼，用命令的口氣說：

「你什麼事都問老耿好了。頂要緊要當心用具，打壞了是要賠的。」

我隨著老耿出來後，我立刻注意到老耿是一個跛子，他走得很慢，可以使人看不出來。但在跨門檻上階梯時，他就有點無法掩飾。他大概快有六十歲，可是非常壯健，眼睛凹在眉骨裡，很有神。在我同他隨便的談話中，已經感覺到他是一個可以做我朋友的人了。

我的命運裡似乎常常有這樣的朋友，第一個是舵伯，第二個是老江湖，第三個是穆鬍子，這次則是老耿，他們似乎都在我生命變化中出現。

通成旅館有五個夥計，老耿是頭兒，另外兩個是二十八九歲的青年，還有兩個是十六七歲的孩子，只能打打雜。老耿以外，這四個人一大一小要輪流值夜。所謂值夜是需等客人都睡了才能就寢，所以有時候可以弄到五更，有時候十二點以後也就沒有什麼事。多了我，就要重新安排，我答應我一個人算一班就是，不必另有幫手。老耿則要同我一起輪一班，我極力不要。後來他就叫我需要時隨時叫他。

第一天值夜班不是我，我與老耿的鋪位是頭頂著頭的，所以談得很投機。

起初我還是把我的身世說得很含糊，後來我就慢慢地說了實話。

老耿開始也沒有同我說什麼，但忽然問我有沒有注意到他的跛腿。我老實不客氣說我早已看到。他於是讓我看他身上的槍傷。他告訴我他是行伍出身的，在北京、天津、山東耽了不少時候。我發覺他也是張大帥、少帥的部下，不知不覺就問他是否認識穆鬍子。

「穆鬍子？」他忽然跳了起來，說，「他在哪裡？」

「怎麼？」我說，「你們是仇人麼？」

「不，不，我們是頂要好的朋友。」

「真的？」我也不自覺興奮起來，我說，「不瞞你說，他也是我最好的朋友。」

「真的？那麼他在哪裡？我一直要找他。」

「怎麼？有什麼特別的事情麼？」

「你知道那時候我受傷在醫院裡，自以為一定難活下去。我的老婆另外跟了人，我有兩個孩子寄養在一家很窮的親戚那裡，因此我就托他去領來算他的兒子，後來我的傷居然好了，去看我的兒子，知道他已經領走，不知現在究竟在哪裡，到底怎麼樣了？所以我要找他。」

「你的兒子，是不是叫大夏、大冬？」我突然靈感一動地想到了他們，覺得要是穆鬍子沒有負老耿，那麼老耿的孩子一定就是大夏、大冬了。

「不是，不是，」他失望似的說：「你怎麼會想到這兩個名字？他們是跟穆鬍子在一起的麼？」

「不是，那我就不知道了。」我說，「因為除此以外，穆鬍子好像並沒有別的親人。」

可是這時候老耿突然沉默了，他思索了許久，忽然又興奮地跳起來說：

「不錯不錯，我的孩子一個生在冬天一個生在夏天，也許他就給他取了那兩個名字。」

他說：「一定是的，一定是的，他們現在也快有二十歲了？你真的知道他們下落？」

這樣，我再把穆鬍子同我的交情以及大夏、大冬的種種告訴了他。我們倆馬上就變成很親密的朋友。我當時也告訴他穆鬍子現在的情形，同我的來歷與奇怪的際遇，我並且還告訴他我要回上海的願望。

「可惜我沒有錢，」他說，「否則我可以和你去上海。好的，好的，讓我想辦法，我跟你一同去上海，我要找我的孩子去。」

我們倆沉默了許久，我於是問他：

「你是不是賭錢的？」

「怎麼，你問我這個？」

「我想頂快找錢的辦法還是去賭一賭。」我說。

「不瞞你說，我的錢都是賭去的。要等錢用，靠賭一定是不成功的。」他說。

我們於是彼此又沉默了。後來我們又談到回峰集老闆娘，我告訴他一切事情的經過同我心裡的悔恨。並且講到她要來這裡找我的事情。

「真的？」他忽然說，「那你可不能耽在這裡了。」

「怎麼？」

「你幸虧早告訴我。你知道今天帳房裡那個姓牛的麼？他就是她的姘頭，他要是發現她喜歡你，他一定會害你的。」

「這個我倒不怕。」

「自然，咱們誰也不怕誰。可是你既然怕她糾纏你，又不想要她，那就犯不著弄得吃醋動刀。」

「吃醋動刀？為這樣的女人？」我不覺笑了起來。

「你不知道，這個旅館她也是有份的。毛老闆沒有兒女，他一死，這份家私都是那個女的了。姓牛的還不是想占這份便宜。」

「那麼他為什麼不娶她？」

「就是啦，可是毛老闆是舊腦子，他以為他的外甥女應當守寡。所以姓牛的等在這裡，他一死，他就可以人財兩得了。」老耿忽然說，「除非你想搶姓牛的這個位子，否則還是趁早躲開好。」

「躲開？那麼你叫我到哪裡去？」

「讓我替你想想看。這裡我很熟，我想我也許可以為你找另外一個地方去做事。」

當夜我們沒有再談什麼，第二天一早，老耿忽然出去，十點鐘時候回來，他悄悄地拉我到寢室裡，他說：

「我已經為你找了一樁差使，不曉得你願意不願意幹。」

「我還有什麼不願意幹的？」

「可是這是有點危險的。」

「什麼樣的差使？」我問。

「送土。」他說。

我一時竟領悟不到他的話，我說：

「什麼叫送土？」

「鴉片煙。」他說，「這裡有好幾家煙館，外面都掛著別種生意的牌子，暗地裡都靠販賣鴉片。他們要給長期的主顧送去。我所說的這家表面上是開澡堂的，經理同我很熟，他們專要一個靠得住的送土的人，你如果願意去，馬上就可以離開這裡。」

「那沒有什麼，我只想暫時有個棲身之所，早點弄到盤費，可以回上海。」

這樣談定了以後，當夜我就向毛老闆去告辭。第三天上午，老耿陪我到一個叫做涵清池的澡堂。

在路上，老耿告訴我，那位經理叫做李白飛，是他從小的朋友。他到外面混了許久，回來還是做一個夥計，一直在這塊小地方混，現在倒也很舒服了，但並不是大老闆，大老闆是不出面的。老耿以為我如果小心地好好做三個月，就可以有足夠的錢做兩個人的盤費去上海了。最後他說，如果他問我借錢，千萬不要借給他。否則就永遠不會積起來了。

「這又是為什麼呢？」

「你記住就是了。」他說，「即使我對你發脾氣罵你，你也不要借給我。知道麼？」

「好的，好的。」我說，我與老耿認識的時間很短，我覺得他非常和善，如今聽他這麼說，我知道他有時可能有很大脾氣的。我倒忽然好奇起來。我說：

「老耿，我倒看不出你是有脾氣的人。」

「這就是為什麼我這樣沒有出息了。」

四十

涵清池是一家普通的澡堂，李白飛家就住在澡堂後面的一所房子裡，前門對著另外一條街，從澡堂進去後面有一條樓梯也可到他的樓上。旁門與澡堂的旁門相距不過幾步。

老耿從旁門帶我進去，但也一直到他的樓上。

李白飛是一個瘦瘦的矮小的人，有尖尖的下頷，支著高高的耳朵，可以說長得很難看，但眼睛則灼灼有光，他的太太很年輕，小巧玲瓏。我一看就知道絕不是他的原配。

當時李白飛像朋友一樣地招待我，他太太還端上點心來請我們。老耿把我介紹以後，李白飛也一直沒有談到我的工作與待遇，只是不斷地用他有光的眼睛望我。

吃了點心後，老耿走了，李白飛同我送他出去。回來時就從澡堂正門進來，李白飛開始為我介紹櫃上幾個職員，叫一個姓張的安排我同他住在一起。接著李白飛又帶我到他的住所，於是開誠佈公地同我說：

「周先生肯來幫忙，再好沒有了。聽說你還是初來這裡，大概不明白這裡的情形。」

「要請李先生多多指教。」

「我們自己朋友，不要客氣。」他說，「你真的這裡不認識什麼人麼？」

「除了通成旅館幾個人。」

「那好極了。」他說，「那麼你最好外面少接觸，沒有人知道你，那就最好。」

「我也不想對外面有什麼接觸。」我說。

「老實說，送貨出事情，都是有人告密的。」他用灼人的眼光望著我說，「在這個小地方，我們的事情不免有人妒嫉，要是知道你是送貨的人，就很容易出岔。」

我點點頭，他又繼續說下去：

「我叫你送的東西，封上都寫著上海、南京、漢口一個地名同收信人的姓名，萬一出什麼事，你只說是地上拾來的，別的可以說什麼都不知道。那麼我們遲早會把你保釋的。要是你說些什麼，那就不好辦了，於你自己也不好。」

「我知道。」

「你知道就好了。」他說，於是又望著我說，「我們這裡待遇雖是普通，但是如果賺錢，隔三個月老闆會有特別的紅利分給你的。」

我沒有說什麼，心裡想我最多只耽三個月，必須離開這裡，紅利對我是沒有什麼關係的。

當天夜裡，李白飛就給我一個紅背心的大信封。上面寫著人參六兩，同一些莫名其妙的地址與收信人的姓名，叫我送到一家雜貨鋪去。這樣，我就開始我的送土的職業。

開始的時候，李白飛總是一次叫我送一個地方，回來後再送一個地方。幾天以後，我的膽子大了，李白飛也放心了，有時候我就附帶著送三四個地方。

我們分送的地方有固定的，有臨時的。固定的有十四五處，大多是大小煙窟，有四五處則是個別的主顧。臨時的都是有熟人來通知，由我們送去。這件工作並不很難，送慣了也同大城市裡送牛奶一樣。我除了出差以外，很少出門，也不同人來往，李白飛認為這是一個最好的保證，他說：

「以我所知道的來說，我們這一行總是開始時很謹慎順利，可是大家發了點財，不是賭錢，就是玩女人，於是招惹了是非，就被人暗算出事。所以現在像你這樣一個陌生人在送貨，外間沒有一個人知道，這是最妥當了。」

李白飛自己雖常常出門，但很少有人來看他，在這很少的人當中，老耿是一個。但他附帶著也為看我。他告訴我毛老闆的外甥女來過，住了幾天，知道我已經走了，大為不高興。老耿來的時候我們從未談到生意，李白飛愛同他喝點酒，也總是把我邀去參加。

有一天，老耿又來了，李白飛叫我上去，座上還有一個跛子，這是一個年紀不過三十幾歲，身體非常壯實的人。方方的面孔，白皙紅潤，留著散鬚，他們同我介紹了，我知道他姓關。他酒量很大，但不愛說話，在整個的會聚時間中，他幾乎沒有正眼看過我。

我忽然想到他以前來過，我曾經看見他，因為他在樓上，李白飛並沒有同我介紹。如今在一起吃飯，我總覺他有點神祕。

飯後，我送老耿出來，李白飛與那個關跛子都沒有下樓。我送老耿出去後也沒有再上去，第二天那個姓關的人就不見了。

這以後隔了十天，我又看見姓關的來看李白飛，第二天又忽然不見。這使我對他發生很大的好奇心，決定伺候他下一次來時藉故衝上樓去。果然，隔了十來天，他又瘸著腳來看李白飛。我就在他上樓不久往澡堂後面走上樓去。

那個關跛子正同李白飛在談話，並沒有同我招呼。李白飛就迎出來同我說話，沒有叫我坐下。我說完話也就只好下樓來。其實我還是什麼都不知道。可是第二天那位關跛子走後，李白飛叫我上去。他說：

「關木腿來過，我們現在又有了新貨。只是關於他，你千萬不要對誰提起。」

「我決不會對誰說的，你可以放心。」

「不過他很怕你會走漏風聲。」

「這怎麼講呢？」

「你太年輕些。」

「但是這於我什麼也沒有關係，我說他幹嗎？」

「我相信你不會去說的。」

這樣開始，慢慢我知道這個跛子叫關木腿，因為他一條腿是假的。這條假腿是木製的，中間挖空，就做了販運煙土的工具。我還知道他本來是一個司機，因為翻車受傷，鋸了腿，是李白飛設計叫他改行做這個生意。因為他做過司機，各地人熟路熟，所以做得很好，一直沒有出事。現在已經很有積蓄。

等我知道闞木腿的歷史以後，我實在很想同他做一個朋友，可是每次他來，我即便碰見也無從同他親近。因為他不愛說話，也不愛看人。人與人的交往真是要緣，我雖是很傾慕他，還是不能同他成為朋友。

據李白飛說，闞木腿已經很有錢。那麼為什麼還要幹下去？一個人除了生活以外，除非是有別種理想，否則每天過緊張不安的生活到底是為什麼呢？我相信闞木腿一定有他的想法，而我竟始終無從知道他。

這個矮小的李白飛，似乎並沒有什麼特長，但是他能識人用人，這大概是他唯一的優點。其他就是他對於煙土的內行，他自己並無嗜好，可是很會辨別。闞木腿貨到了，李白飛就開始燒製，於是派給我去分送。

兩個月以後，我的積蓄已足夠我的盤費了，但是我沒有想走，原因是很複雜的。第一我與李白飛相處得很好；第二李白飛一再告訴我，有一份很可觀的紅利；第三我心裡想到我到上海不能再像以前一樣的窮困，我在舵伯、衣情面前至少可以有點自尊才行；第四那就是為那份我到C城時所買的畫報。畫報上紫裳成為明星的照相，使我覺得我必須有足夠的財富，可以使她不對我輕視。

可是我遲遲不走，使老耿不耐煩起來。我們為這事有了很多次的爭執。他說：

「我介紹你這個職業，是為你要回上海去的盤費，如今盤費已經有了，你還要幹下去，那總有一天會出事的。你難道預備一輩子幹這一行麼？

「但是，老耿，我需要錢，我一到上海也不是馬上有辦法。我總想幹半年一年的，拿一些紅利才行。」

「拿一次，也就想拿第二次。這是沒有期限的。而且你答應我帶我去上海。我的兒子在上海，我，你想，一個孤身的老頭兒，怎麼不想馬上找到我的兒子呢？」

「譬如我不告訴你，你怎麼知道你的兒子在上海呢？」

「我不知道就沒有什麼，知道了自然想看見他們。」他說，「到底你是騙我的還是真的？是不是你因為當時要我找事情，騙我說我的兒子在上海？」

「我只說穆鬍子有兩個孩子在上海，叫大夏、大冬，是不是你兒子，誰知道？」

「那麼我叫你寫信，為什麼不寫呢？」

「寫信有什麼用？我離開上海一直沒有寫信，也不知地址。是你的孩子，寫信並不能見面。不是你的兒子，寫信去不是笑話麼？」我說。

每次的爭執，總是相彷的話，我在爭執以後，也每次想寫信到上海。我雖然不知道這些年來他們的變化，但是我要寫信給舵伯衣情總是轉得到的。其實，為大夏、大冬的消息，是很小的事，但因此就不得不寫信給紫裳。自從在畫報上看到紫裳的照相以後，我是無時無刻不想先寫封信給她，可是每次想到寫信，我就不知怎麼措辭好，我有奇怪的自卑與害怕，因此我一直沒有勇氣動筆。而且我總覺得我會很快地回上海，回上海以後是不是應當找紫裳還是需要考慮，也許她已經嫁人，也許她早已忘了我，也許我太潦倒，那麼寫信就更是毫無意義的事情了。

一個人的貧窮與潦倒是很影響一個人的心理，我雖然很想回上海，但是我的心底有一種自卑膽怯。在那個社會中，舵伯、衣情、紫裳都已經成為頂尖兒的人物，我無論如何是無法爬上去的。所以我只是自慰似的想多有一點錢，其實我即使有紅利，會有多少呢？

有幾次我都想跟關木腿走險，希望由他帶我，我也可以自立成家。但是關木腿竟這樣不願有朋友，我無從同他談到這個計畫。在老耿同我多次爭執以後，他就問我借錢了。

我明明記得他關照我不要借錢給他的。但是在當時，似乎只有借錢給他，才能消失那個爭執的盛氣，所以就借了給他。

可是這一次以後，他再不提起回上海的事，而變成常常來問我拿錢。

老耿的錢到底用到什麼地方，我無從知道。但是很多次以後，我發覺對我的影響太大，我就拒絕了他，我說：

「你還記得麼？這是你自己關照我的，叫我不要借錢給你。」

「可是這原是為留作我們去上海的盤費，現在你也不打算去上海，我也不打算去上海，還留這錢幹麼？」老耿很凶厲，認真地說。

「我為什麼不打算去上海？你看著好了。」

「可是我不打算去了。」他忽然頹傷下來，又說，「我知道我並沒有兒子在上海，你騙我的，你騙我的！……」

說著他居然流下淚來，這可真是把我打動了。

在老耿走後，我一個人夜裡在床上尋思，想到我剛才自己的話「我為什麼不打算去上海」，心裡有奇怪的波動。但是我為什麼要去上海呢？上海我有什麼可留戀的，有什麼可追求的？我自己也無從答覆了。

在我的行李裡有兩件紀念品，一件是紫裳的頭髮，還有一件是阿清的木梳。為什麼我要追求這束頭髮的影子要去上海，而沒有想到這把木梳的象徵而回到周家去呢？

我也一直沒有同周泰成與阿清寫信，原因我不願意他們知道我耽擱在這個地方，我相信他們一定以為我已經到了上海，那麼還是我到上海以後再說。

就在我一時想不出去上海的實際理由時，我就有一種放棄上海的想法。我知道我可以有的紅利，即使以一年來說，帶到上海也不值什麼。可是帶到周家，這就會成為一筆數目。我可以與阿清成家，過我父親以前所過的日子了。

這樣想的時候，我對於回上海的打算更加少了。

當我找不出自己去上海的意義時，我就發覺老耿去上海的意義的重大了。我在上海實在說起來沒有什麼親人，而老耿則是有兒子在那面。我為什麼不讓他去呢？

自從同老耿談到同去上海以來，我一直只想著我去上海時帶他去上海，竟沒有想到他可以一個人先去。如今我發覺這正是最好的辦法。

第二天老耿又來看我，他還是問我借錢。我就告訴他我的意思，由他一個人先去，我給他盤費。

「可是我不想去了。」

「為什麼呢？」我說，「我真是沒有騙你，穆鬍子如果帶過你的孩子，那麼大夏、大冬一定是你的孩子。」

「但是假如他們不認我呢？」

「怎麼會不認，我自然會寫一封信給一個朋友，由他們帶你去認去。」我說。

「你真的以為這樣可以麼？」

「我的信，同我親自帶你去一樣，你不用怕。」我說。

「假如找不到他們呢？」

「沒有找不到，找不到慢慢打聽，一定找得到。」我說，「你上海有沒有朋友？」

「沒有，」他說，「有也想不起來了。」

「沒有也沒有關係，找到我的朋友，你就有地方可以住。」我說，「如果你去的話，我可以問李白飛借一點錢，你多帶點盤纏，你找不到，大不了回來。」

這樣一說，老耿開始動心了。他想到通成旅館常常也有客人去上海，他可以搭伴同行。

這以後，大概不到一星期，老耿就動身了。我備了一封信給衣情，一封給舵伯，一封信給恒新舞臺的經理，托他介紹老江湖、小江湖，我不知道他們是否還在上海。我再三關照老耿不要說我在C城幹什麼，只說我同朋友做點小生意，不久就會回上海好了。我在給舵伯他們信中，對於我自己事情也只說到這些，我只說我就快回來，一切容面談一類的話。

在老耿動身的前夕，李白飛請他吃飯，我也在座。以前老耿同我多次爭執，李白飛也有點知道，可是他始終沒有同我談起。如今老耿一個人走，他開始對於我留在他那裡覺得很快慰。當我為老耿盤費向他借錢的時候，他給了我兩百元。他告訴我，第一次我的紅利可以有五百元，可是第二次如果生意還是一樣，我可以有八百元的紅利，第三次當有一千元，第四次還要多。我耽得越久，可以分得越多。

這對我的確是一種誘惑。在我送老耿上車，一個人回來的時候，我甚至想到把阿清接來，結婚成家，就在C城這樣耽下去了。

這也使我想關木腿也許也是在這樣的條件之下一直幹下去的。我不知道他們紅利是怎麼一種演算法。如果我要長耽下去，我當然想知道是怎麼樣一種累進。

但是，我雖有耽下去的想法，也只是一時的念頭。究竟這不是一件正常的職業。要長耽下去是需要很大的勇氣，而我知道放棄這樣的收入也是需要很大的勇氣的。

許多人在某種場合之中都缺少前進或後退的勇氣，總是一天一天捱著日子混過去。沒有計劃，不敢多想，一拖兩拖，慢慢地就萎靡下去，無從振作而無法變動了。我也就是這樣，一直沒有決定是否長耽下去，可是也沒有想離開，日子就這樣過去了。

第一次紅利給我，除了我給老耿二百元預支了以外，還發了我三百元，我把這錢存在銀行裡。我的月薪，足夠我一個人雜用還有多，這錢我可以不必動用。我想等第二次紅利發了以後，再決定我是否去上海，還是接阿清到C城，還是回到周家去。這最後一條路，其實只是想想而已。一個人做了這樣輕而易舉，只是擔一點點危險而可有豐富的收入的工作以後，再要去做勤儉刻苦的農夫已經是絕無可能了。

這就是墮落，我在墮落之中，但是我無力自拔；我也並非沒有反省，我也並非沒有自覺，可是這只是偶爾一時的醒悟，過後我還是麻木地沿著時日過去。

四十一

可是，不管我的惰性是多麼強，我的意志是多麼弱，而我的命運竟註定我的生命還有更多的波浪，而這些變化都不是人所可以預期或預知的。

就在我經常送貨去的主顧中，有一家姓胡的人家，忽然同我有一種新的接觸。這使我的生活竟又與過去的生活在奇怪的情形中銜接起來。

平常的習慣，我到煙館去送貨還常有與人閒談的機會。到住家去送貨，則最多同門房與僕人說些應酬的話，也從未有太久的滯留，同主人是很少接近的。普通這些人家總是有很大的房子，僕人多於主人。可是這個胡家，則在一個很小的巷子裡，房子是幾間狹小的平房，這房子結構很特別，院落裡有一株樹，樹的前面有三四間平房，樹的後面有一排三間平房。我送貨去，從未到那株樹的後面。在前面的平房裡除了廚房等以外，有兩間是住人的，裡面住著一個粗矮結實扁臉的女孩子和一個中年婦人，我送煙去總是在那裡交貨。我知道她們並不是吸煙的人，也相信吸煙的一定住在樹後的平房裡，她們該是這所房子主人的女傭。可是日子久了，我發現她們的身分也不像是僕人。整個房子裡，除她們以外，我再也沒有看見過一個人，我只知道那個扁臉的女孩子把那位中年婦人叫做嬤嬤，中年婦人則叫那位女孩子名字，好像是翠妹。

天氣還是很冷。我送貨去常常在她們外面的一間坐一會，招待我的總是那個粗矮結實扁臉的女孩子，中年婦人像常在裡面，我必須等那個女孩子去叫她出來，交貨給她，由她付錢給我。那個粗矮扁臉的女孩子，有一副很伶俐的眼睛同一口整齊白皙的牙齒，是一個很聰敏的人，但不愛說話。所以我雖然有時候想探聽她們主人的什麼，她總是笑笑，從不作正面的答覆，我們不算不熟，但總沒有什麼交談。後來我相信這是那個中年婦人關照過她，叫她對外人什麼也不說的，因此我也不再問她與我無關的事了。

在這些場合之中，我是從未有機會單獨同那個中年婦人耽在一起有個談話的機會的。可是有一天，這個經常的情形忽然有點變化。

那天我在她們的房間裡，等候那位中年婦人等得很久，我覺得很不耐煩，我就請那個粗矮的女孩子去叫她。

「她知道你來的。」翠妹忽然說，「今天裡面有客人。」

有客人？這使我覺得很詫異。我到她們那裡少說說也來過十幾次，除了她們兩個人外，不但我沒有見過一個人，就連一個人聲都沒有聽見過。如今這客人是誰呢？我開始好奇地在視窗窺望著，我想客人出來的時候，主人一定是送客的，到底那個住在樹後面的一排房子中的人是誰呢？

隔了許久，院中忽然浮起了人聲，我在紙窗的小方玻璃中，看到那個中年婦人偕同一個胖胖的穿著發亮的粉紅色綠花衣服的女人出來，我真是吃驚了。

起初她們還被樹枝遮掩著，待她們走到樹前，我再也無法否認。那個短矮的身材，粗胖的脖子，浮腫的面頰與放浪的嗓音的人還有誰呢？

那是回峰集的老闆娘，我曾經在她肉體旁睡過一夜，這醜惡的回憶頓時又在我腦中浮起，我心裡有一種羞慚的噁心，我聽不出她們在談些什麼，可是我看得出，那個中年婦人——翠妹的嬤嬤——對她非常恭順，好像在求她什麼似的。

當她們快走到大門口的時候，我開始聽到了腫胖的老闆娘說：

「那麼十五號，十五號我可不能再晚了。」

「十五號我想小姐總會回來了。」

「其實聽我的話，早可以享現成的福，何苦這樣呢？她自己吃苦不要緊，把我牽累在裡面，……」胖老闆娘一面做著手勢，一面說著。

她們已經走到我看不見的地方，我也聽不清楚那個中年婦人同她說些什麼。不一會，有開門關門的聲音，我估計那個中年婦人該也已經送走了客人。

翠妹忽然說：

「你再吸支煙吧，她就要來了。」

但是我在視窗看到中年婦人並沒有馬上過來，她又回到樹後的房子裡面。這時候，我已沒有剛才的不耐煩，但心裡有奇怪的不安與好奇，我倒想在那位中年婦人出來時，告訴她我是認識她們的客人的，希望由此知道一些她們的關係。

隔了兩支煙的工夫，翠妹又倒給我一杯茶，於是我看到她的嬤嬤在院裡走過來，手裡拿著一包東西。她推門進來，對我招呼一下，說：

「對不起，讓你久等。」於是她拉著翠妹嘰哩咕嚕說幾句話。翠妹接著那包東西就出去了。她才過來看我給她們送來的東西。她又說：「還要請你等一會，錢……」

這時候，我當然悟到，她剛才的那包東西是叫翠妹去當押的。她下面的話很含糊，我也不便再問。我看她拿起一件針線掩飾她的不安，坐在我的旁邊。我就說：

「你們剛才那個客人，是不是就是回峰集開茶樓的老闆娘？」

她奇怪地抬起頭來，問：「你認識她？」

「是的。」我說，「但是你不要告訴她。」

「怎麼？」她忽然說，「你也……也欠她錢麼？」

「欠她錢？」我說，「不欠她錢我已經夠怕她了，欠她錢還了得。」

「你不知道她放印子錢？」

「印子錢」是江南許多地方對於高利貸的俗語。我並不知道翠妹的嬤嬤是哪裡人，而這句話使我想到她一定住過江南的。我說：

「那麼你們是欠她錢了。」

「可不是，剛才她就是來討錢的。」

「你們欠她多少錢？」

「欠她四百元錢，三個月說是已經八百元，這樣的利錢！」

「那怎麼辦？」我說，「想不到她還幹這個缺德行業。」

「她有什麼事不幹？只要可以賺錢。你知道，她為什麼借錢給我們？她想販賣我們的小姐呢！」

「販賣什麼？」

「你不知道她還專為土豪惡紳以及下流的軍官們物色女色。她要我們的小姐去嫁一個退伍的軍人做姨太太，我們沒有答應她。現在欠她錢，越欠越多，將來我們就無法逃脫她的手掌了。」

「小姐，你是說翠妹麼？」

「不是，不是，」她說，「翠妹是我的外甥女。」

「那麼你們還有小姐。」我說，「我怎麼一直沒有見過她？」

「她在外面跑碼頭，難得回來一趟的。」

「你是說你們都靠她帶錢來的？」

「全靠她帶錢來，可是這一陣好久沒有消息了。」她說。

「我也許在外面可以打聽打聽，她是賣藝的嗎？」

「她唱京韻大鼓，大家都曉得她，你難道不知道？」

「她叫什麼？」

「小鳳凰。」

我對於大鼓是外行，也沒有聽見過小鳳凰這個名字，但是這個名字對我竟有一種很熟識的感覺。我自己也不知道是為什麼。

我沒有再說什麼，可是翠妹的嬤嬤忽然說：

「她母親也全靠這個女兒。」

「你剛才對那位放印子錢的說十五號，是不是小鳳凰十五號會回來呢？」

「我想十五號總該有消息的。」

就在這時候，外面有人在打門。翠妹的嬤嬤起身說：

「啊，翠妹回來了。」一面她出去開門。

翠妹喘著氣同她的嬤嬤進來，但我看到她手上還拿著那個包袱，只是小了一些。翠妹放下包袱，一面說：

「有兩樣他們不要。」

她的嬤嬤過去打開包袱。看了一看，就放在那裡。這時翠妹往懷裡掌出錢來交給我。其餘的納入懷中，我看所剩已經不多。

我收了錢正想告辭，但站起來的時候，我順便看看散在那裡的包袱說：

「是衣服麼？為什麼不索性賣去，也許可以多值點錢。」

翠妹的嬤嬤忽然過去，拿了包袱裡摺著的東西散開來給我看，說：

「你說賣得掉麼？」

原來是一塊錦繡桌衣，大紅的緞上繡著金線的鳳凰，就在桌衣的上沿，金線編織著三個大字。

一時，我竟想不出這三個字同我有什麼關係，我隨口念了出來：「野鳳凰」。

「野鳳凰」，不錯，這是穆鬍子告訴我的，它就是紫裳母親的名字。一時我全身感到了一種像觸電似的麻木。我接過這塊半舊的桌衣，癡望著，愣了許久。

「怎麼啦？」翠妹的嬤嬤問。

「沒有什麼，沒有什麼，」我說，「你是不是預備賣掉？」

「如果有人要。」

「賣給我好麼？」

「你有什麼用？」

「我也許可以送人。」

「你要，就隨便出幾個錢好了。」

「我願意出一百塊錢。」我說。

「你不要開玩笑，新的也不值這許多錢。」

「我不是開玩笑，」我說，「我知道你們等錢用。不過我這裡帶錢不多，明天我帶錢來拿東西就是，你也不必再去別處當賣了。」

「你真是一個怪人。」翠妹的嬤嬤說。

「慢慢你也會知道，」我說，「現在時候不早，我要走了。」

從野鳳凰家裡出來，我心裡有說不出的感觸。這時候我是多麼想有一個朋友可以談談呢？穆鬍子也好，老江湖也好，舵伯也好。但是在這陌生的小城中，我再沒有這樣一個可以談談的朋友，我感到奇怪的寂寞，天色已是黃昏，街上有黯淡的燈火，我忘了寒冷與飢餓，一個人無目的地走了許多路，回到涵清池已經是很晚了。

夜裡，我開始失眠，我覺得我真是已變成了一個無氣度的小人。為什麼我今天要用一百塊錢買這個桌衣，而沒有慷慨地想到送她們八百塊錢讓她們去還那個胖婆娘的債務呢？一個人的胸襟始終是隨環境在變化，我在這個小城裡過節約的生活，作一點一滴的儲蓄，已經變成狹小可憐的動物了。我對於這個胖婆娘厭憎的心理，因為她的放印子錢而增加，可是我有什麼資格可以輕視她，在這個環境裡耽下去，我也很可能會把儲蓄的錢去放印子錢，去爭取富有，而我是一個受過教養的青年，她只是一個無知的婦人。不知怎麼，我一時竟想立刻跳出這個世界，我要重新回到江湖的朋友群裡，過有錢就花無錢行乞的生活了。

第二天上午，我帶了一千塊錢去野鳳凰家裡。翠妹的嬤嬤為我開門。她先讓我到她的房間，她說：

「你真是想買那塊桌衣麼？」

「我已經不想買了，」我說，「我希望你送給我。我這裡有一千塊錢，你收著，把八百塊錢還清那個胖婆娘的債，免得她再來麻煩，以後還是不要同這種人來往吧。」

「你這是什麼意思？你是一個送貨的夥計，那裡來這許多錢，就算有這許多錢，也沒有理由要幫我們這個與你毫無關係的人家。我也活了四十多年，世上的事也見得不少，我想你也不必瞞我，究竟是什麼用意，大家坦坦白白說，是不是有人背後在打算小鳳凰，要你來擺佈我們？」

「也難怪你想到這些，」我說，「但是你可以放心，我也不要你借據，不要你收條，你收著就是。」

她沉吟了好一會，忽然說：

「你願意同她去談談嗎？」

「誰？」我問，「野鳳凰？」

「是的。」她說，「昨天你說願意出一百元買那塊桌衣，她就覺得有點蹊蹺，她很想當面同你談談。」

「不瞞你說，這正是我想求你的。你知道我聽到她已經太多，想不到在這裡會碰到她。」

「是的是的，我們正想著你一定同她們有一點淵源。是不是你在什麼地方認識小鳳凰，想在她母親那裡獻點殷勤呢。」她臉上忽然浮出俏皮的笑容，半開玩笑半認真地說。

我想了一想，也半開玩笑似的說：

「也可以說是，也可以說不是，那麼你就帶我進去同她談談吧。」

翠妹的嬤嬤於是就帶我穿過院子，到樹後的平房去。我要她收我手裡的一包鈔票，她說：

「那麼你就當面交給她好了。」

一進門，我就發現這房子光線太暗。這是一間長方形的房子，右端有兩張八仙桌，上面供著佛像，桌上亮著一盞長命的油燈，藍瓷的瓶中插著已不新鮮的紙花。房子的中間放著幾把椅子與茶几，還有一個半斜的兩只竹榻。左端是一個通內房的門，掛著一個花布的門簾。翠妹的嬤嬤，讓我坐下，她自己走進左端的內房。我只是走到竹榻的旁邊，並沒有坐下，隨即我踱到右端，站在佛供的前面觀望，一瞬間我就被這個佛像吸引了。

原來這是一個兩尺多高玉雕的觀音，並不像一般瓷製的千篇一律的模型，有它特殊的線條與形象。它的眼睛下垂，有隱約的睫毛的痕跡，它的手撐著，像是對下面一群孩子在講故事。臉上有慈悲莊嚴的笑容，赤著腳，但是右腳踝上有一個花環。全身是一塊白玉所雕製，可是這花環則是天然的綠色，大概是雕製的藝術家發現那裡的綠斑而故意作此花環的。當我凝視了幾分鐘以後，我竟看到了紫裳在舞臺上的影子。曾經有人說過，一個女人在懷胎期間的所想所夢會影響胎兒，那麼該是紫裳真是受過她母親的祈禱的影響了。

就在我出神的當兒，翠妹的嬤嬤出來了，她叫我進去，在內門口，她為我掀起那花布的門簾。我進去後，她放下門簾，並沒有進來。

外間的光線黯沉，只是院中那棵樹的蔭掩；裡間則一點不見天光，窗簾蒙去所有的紙窗，只有床邊一盞很亮的電燈，同床上一盞鴉片燈發出灰黃的但是很柔和的光亮。一只敝舊的爐子正攏著火，爐上壓著一把鉛壺吱吱作響。

我一進去，還沒有看清人，就先聽見聲音了，她說：

「請坐，先生。」

於是我順著這聲音，看到窗邊一張舊式的單人長沙發上斜靠著一個人，她並不矮，一床紫紅色的毛氈蓋在腿上。上身穿一件黑色的短襖，但沒有扣領上的紐子，露著瘦削的頸頤。頸頤上是一個白皙的臉龐，大大的眼睛與挺直的鼻子，一個似乎永遠有笑容嵌在裡面的嘴，嘴唇是灰色的，眼角掛著皺紋。頭髮並沒有裝飾，似乎只在後面梳著一個髻，前面的頭髮有點鬆散，但仍很有風致。

我一面坐在她的斜對面的一把椅子上，一面注意她。我們間隔著一個低矮的小桌，小桌上在她手邊有一把黃花白瓷的茶壺。她沒有再開口，翠妹的嬤嬤端了一杯茶進來，她把茶給我後，又為她主人在茶壺裡兌了一點開水。她沒有看我一眼就出去了。

「先生，」野鳳凰拿起茶壺喝了一口茶，用低沉帶沙的聲音說，「對不起，我還不知您貴姓。」

「我姓周。」我說，「但是你可以叫我野壯子。」

「野壯子？」她嘴角露出微微的笑容，於是說，「是你跑碼頭時候的名字嗎？」

「他們大家都這樣叫我。」

「他們是誰？」

「是我的朋友們。」

她沒有作聲，忽然抬起頭來望我一眼說：

「你是在什麼地方認識她的？」

「誰？」

「我的女兒——」

我一時真以為她已經知道我與紫裳的關係了，吃了一驚，但沒有作聲，她隨即接下去說：

「小鳳凰。」

我鬆了一口氣，不覺笑了出來，我說：

「我不認識她。」

「那麼，你究竟為什麼想買那塊桌衣呢？」

我這時候想到我懷裡的錢，我摸出那包一千元的鈔票放在我旁邊的小桌上，我說：

「昨天知道那個放印子錢的來討債，這裡一千元錢，你先還了那債吧。」

野鳳凰眼睛瞟了一下那包錢。忽然低下頭，露出一種可親的笑容，忽然說：

「野壯子，我一生經歷很多。你也絕不是一個傻瓜。你有什麼要求，我們還是開門見山地說吧。」

「我沒有什麼要求你的。」

野鳳凰忽然抬起頭來，望著我，笑了起來。她的聲音一直是低沉帶沙，但不知怎麼，這笑聲竟使我想到紫裳第一次到我們船上賣唱時唱歌的聲音。可是紫裳那天的聲音是羞怯的，而她則是很大膽的。

我忽然注意到這昏黯的光線正像是那天船上的光線。從進門來，因為光線的昏黯，我無法看清野鳳凰的面貌，這時我視覺開始對環境有點適應，就在她對我注意時，我突然發現她眼睛裡有一種神祕的光芒。我相信她並沒有受什麼教育，在我想像中，她一定是媚豔而不免於庸俗，如今從她談話與態度中，我發現她與我的想像卻恰好相反。她的媚豔也許在年齡中消失了，但是她的秀逸使人有一點沒有塵俗之感。

她忽然伸出她瘦削細長的手，掠了一下頭髮說：

「我一生有不少人送過我錢，但都是有目的的。我知道你不會是例外。」忽然看我一眼，又說，「而且你也不像是有錢的人。我覺得你送錢給我們是沒有收穫的。我雖然等錢用，但是我的女兒並不會稀罕這點錢。」

「我不會向你要求什麼，更不會向你要求認識你的女兒。」我說，「我不過是為我所愛的人對她母親盡點孝意罷了。」

「那麼你已經認識小鳳凰了，或者你們已經彼此……」

「不是，」我說，「我愛的是你的大女兒。你還記得你還有一個大女兒嗎？」

突然，她臉上一紅，忽然又轉成青白，半晌沒有說話。我說：

「我愛的是紫裳。」

「那麼，」她又用低沉而帶沙的聲音說，「那麼，你知道我太多了。」她似乎怕我提起往事，並沒有問我什麼，我想她至少是要知道紫裳的下落的，但是她也沒有問。忽然她微喟一聲，說：

「這是一個夢！你為什麼要把我已忘的夢帶回來呢？」

我沒有說什麼，她也沉默著，眼睛望著空虛。房中是這樣的靜寂，我突然聽到了不知從什麼地方發出來的錶聲。

「請你為我叫一聲胡嬤好麼？」她說著閉上了眼睛。

我到門口為她叫來胡嬤。她忽然對我說：

「你晚上來這裡吃飯好麼？」

「我想我什麼時候都可以來看你的。」

「那麼請你晚上八點鐘來吃飯，我想我們要談的不是短短時間可以談的。」

我告辭出來，胡嬤送我到房門口。我心中有奇怪的快樂與興奮。我像是新交到一個一見如故的朋友，也像是在萬萬想不到的地方會見了我幼年時的遊伴。

翠妹為我開門。走出大門，我發現天色是灰黯的。我清清楚楚地記得，我當時第一個思想是：「我應當回上海了，我要帶她們同去。」

命運也許就因為要我伴野鳳凰到上海去找她的女兒，所以沒有讓我伴老耿去找他的兒子。

四十二

人與人的關係真是不容易瞭解，譬如我們聽到一個新遇見的人談到他的一個好友，而又發現他的好友正是我的兄弟時，我們的關係不知不覺地會親密起來。我就是帶著這種親密的感覺，於晚上八點鐘的時候，再到野鳳凰家去。我沒有忘記帶著那本有紫裳照片的畫報，我有一種說不出的興奮，覺得我終於有一個地方可以傾訴我的心事了。

野鳳凰看到畫報裡的紫裳，凝視半晌，沒有說話。

「假如我不告訴你，你會認出是她麼？」

「那怎麼會認識。」

「但是我覺得她很像你。」我說。我曾經在何老地方看到野鳳凰同紫裳的父親照在一起的照相，那照相後來由紫裳收去，我沒有再看見過，但是我還想得起那照相裡的樣子。那照相是多年以前也不知是什麼小照相館照的，當然不能同畫報上的紫裳相比。但當我重新注視她本人時，使我感到，與其說我所看到的她那張相片是她的過去，倒不如說紫裳畫報上的照片是她的過去了。

「像我麼？」野鳳凰把畫報放下後，沉思好久。我想她有許多感觸，一時也不敢再提及紫裳。於是，她忽然問到我怎麼認識那位放印子錢的胖婆娘，我只是約略地告訴她我在回峰集她的茶樓裡借宿過一晚。就這樣，我們的談話一直只談些我們現在的情形。

一直到飯後，當野鳳凰躺在煙榻上重新在煙燈前看紫裳畫報上的照片時，她才要我告訴她我與紫裳認識的經過。胡嬤拿進許多糖果糕點，野鳳凰叫我躺在煙榻上，她的對面，她只是弄她的煙，沒有看我，也沒有問我。我從紫裳與何老到我們船上賣唱談起，談到老江湖怎麼收留她們，後來紫裳一上臺就紅了起來，被人叫作活觀音種種。

「她還是走這一條路，真是命運。我原想她會安安定定在鄉下做一個農家的媳婦，想不到仍舊會同我一樣。」她望我一眼，放下煙槍，忽然問：

「那麼她現在還沒有嫁人？」

「我想還沒有。」

「沒有嫁人，那她怕很難有安定生活了。」她冷冷地說著，吸了兩口煙又說，「那麼以後怎麼樣？」

我又繼續把過去的事情講下去，可是這事情實在太複雜，我原是只想談紫裳的種種，但要說明關係，又不得不講第二個人的情形，何老不必說，老江湖，小江湖……諸如此類，使我的談話很雜亂，因此她就常常打斷我的話來問我。

我發現她對何老的感情是很好的。當我講到何老死去，我為他治理喪事，停柩在紫雲庵的時候，她真是很關心。我告訴她，我就在紫雲庵的時候真正發覺自己在愛紫裳。我又談到何老也不想紫裳去做紅角紅星，他在臨死時交我一只玉鐲，叫我把玉鐲交給舵伯，把紫裳托給他。

我在這裡又不得不補敘我與舵伯的關係，告訴她舵伯的暴富情形。

「啊，是他？」野鳳凰忽然說。

「你認識他？」

「我不認識他，但是我大概知道他同紫裳祖父的關係。」

「那麼這玉鐲到底是怎麼回事，有什麼歷史麼？」我說。

「這大概是他們偷掘古墳時候的東西。」

「他們偷掘古墳？」

「紫裳祖父的歷史我也不很清楚，他從來不講。我只知道他懂音律，有很好武藝的功夫。年輕時候也很不安分。」

野鳳凰的話很使我詫異，我忽然想到我與何老這麼接近，竟沒有請他講點過去的事情，這是多麼可惜的事。我想舵伯一定有一個時期是跟他的，他比舵伯年紀大，許多地方，舵伯一定受過何老的恩惠。

「你講下去嗎，後來怎麼樣？」野鳳凰打斷了我的思索。我這時補敘了我與舵伯的關係，同我後來到上海讀書因而沒有發財的情形。可是在煙榻上的時間真是容易過去，我還沒有談到同紫裳到上海，天色已經大亮。胡嬤給我們早點，九點鐘的時候，我才回涵清池去睡覺，野鳳凰約我晚上再去吃飯。可是那天晚上，我需要送貨，送貨了才去，到她那裡已經十二點鐘了。我們又談到天亮。

這以後，我除了送貨以外的時間，幾乎大部分都在她們那裡，野鳳凰就在外間為我設了一張床。李白飛以為我外面有了女人，很不放心。我沒有法子對他說明一切，我只告訴他我遇見了一個從小知道我的親戚，要我搬去住，所以只能每天來做一定的事。

從此我開始慢慢地對野鳳凰有些認識，也知道她一些過去。

我曾在何老那裡知道了一些她的過去，但天下的故事，竟沒有一件轉告了兩個人會還是原來的事，也沒有一句話傳了兩次會還是原來的話。

野鳳凰告訴我何棍同人的仇隙並不是為她的關係，而放棄江湖生活歸農，倒是她的主意。她告訴我她跟何棍，完全因為被何棍所感動，何棍本來是一個無惡不作的人，是她把他改變的。她當時很紅，到一個地方，就被當地的豪紳警察局長一類人所糾纏。何棍許多次為她捨命。她覺得在她的環境裡也無法碰見好的男人，所以就勸何棍回鄉種田，嫁給了何棍。她又告訴我後來來尋仇的人是何棍以前仇人劉山的弟弟，事實上是來借錢的，因為何棍當初有一筆錢沒有分給他哥哥，所以也可以說是討債。何棍不給他，兩個打起來。但是她所跟著跑的則是劉山的大弟弟叫做劉青。劉青知道他弟弟來尋事，就追來勸阻，但是已經太晚，所以對她道歉，並願意賠償損失，使她對他發生好感。她還告訴我，何棍後來種田很安分刻苦，不好的是她自己，她過不慣農家生活，所以常常對何棍發脾氣。劉青是小戲班的武生，她跟了劉青以後，跑了不少碼頭。後來劉青死了，劉青的師父就介紹人教小鳳凰唱大鼓，她還告訴我，劉青當時叫她帶紫裳一同走，但是她覺得跟她不會有出息，家裡還有幾畝地，她的祖父同她辛苦生活總還可以過。她希望紫裳可以安安分分做一個鄉下女人。我當時就說何老既是盲目，怎麼可以把一個小女孩交給他。她說她走的時候何老的視覺雖不好，但並沒有全盲。

總之，野鳳凰所告訴我的同我以前所知道的她竟完全是不同了。而我在與她相處之中，似乎覺得她自己的話比較可靠。

一個人對於另一個人的瞭解真是難，人世上難怪都是誤會與曲解；道德上的善惡，必須根尋動機，但是崇高的動機往往有複雜曲折的心理背景，而這是不容易為人所瞭解的。我們對於人的批評往往信口而出，但是世上有多少批評是可靠的呢？對於當代甚至於當面的人物都是如此，歷史上的人和事，文章上面做文章，這裡面有幾分是值得我們去相信呢？

就在我與野鳳凰來往之中，我的經濟情形不知不覺入不敷出起來。我本來剛才積蓄起，給了她們一千塊錢以後，積蓄已空，如今我要幫助她們的開銷，不得不向李白飛預支，李白飛並沒有拒絕我，但仍疑心我外面養著什麼女人。最後我只得把詳細情形都告訴了他。

李白飛真是一個很果斷的人。他當時馬上就說：

「那麼，你應當馬上就到上海去才對。」他問我，「你有沒有寫信給……給她大女兒？」

「沒有。」我說。

「為什麼不呢？」

「我想等小鳳凰回來時再說。」

「她回來，也是到上海去好。沒有第三條路。」

「我也想到，只是不知怎麼，我想還是等小鳳凰回來，我們直夫上海就是，不必預先去通知紫裳。」

李白飛忽然笑了，於是說：

「那也好。這只是錢的問題，先寫信去，可以叫她匯些錢來。」

許多事情真是命運安排好的，就在我與李白飛坦白地談話以後，第二天我收到了一封信，這真是一封意外的信。

這是一封從上海寄來的信。

我無法認出這是誰的字跡，我猜想這一定是老耿來的。老耿走後，一直沒有信來，有時候我不免對他有點掛念。可是我想得到他沒有來信正是他已有辦法，不然也早該有信來了。

出我意外的是，那封信竟是大夏同大冬寫的。他們並沒有告訴我老耿路上及到上海後的種種，也沒有告訴我老耿怎麼找到他們。一開始就感謝我使他們父子重會，於是說到他們現在已經做了電影演員，收入不錯。並說這些也都是我對他們管教提攜之功，他們始終都在感激我。接著就說他們都希望我馬上回去，他們父親對我現在的職業很不放心。他們又說，他們本想把我的情形告訴紫裳或衣情，因為他父親知道我暫時不願意告人，所以對誰也沒有說。說我如果到上海，可以住在他們家裡，一切都不必擔憂，如果我需要旅費，可以打電報給他們，他們馬上就可以匯來給我……

信並不長，但我看得出他們父子對我真切的關懷與友情。我當時非常感動。使我失望的是他們對於老江湖、小江湖、紫裳及衣情等情形竟一字不提。我總想回上海可以做些什麼，可是他們竟當我同他們的老父一樣，好像只是需要一個地方養老似的。我想這也許是老耿的意思，他是以自己的情形在為我設想。但是，我所引為快慰的還不在他們在對我關念，而是大夏、大冬，居然有點成就，至少有了一個自己的生活了。我能夠想像老耿看到久違的兩個兒子這樣，該是怎麼樣的驕傲。

那封信我讀了好幾遍，心中有說不出安慰感慨與愉快。但不知怎麼，我忽然竟非常想回上海去看看了。我耽在這裡，原是為想積一點錢，如今住在野鳳凰家裡，積錢的事情已沒有可能。我本來想能帶野鳳凰她們一同去上海，現在則覺得或者我一個人先回去，告訴了紫裳，匯錢給她們再走，當也是一個辦法。

我一個人在涵清池左思右想地耽了許久。我本想同李白飛去商量，但是我知道李白飛一定會以為我先回去是對的。我下意識似乎有一種不願離開C城的傾向，原因是我住在野鳳凰家裡實在太舒服了。我有一個很自由的職業，有一個不必與人爭勝爭強的環境。野鳳凰對我的感情是介於友誼與母親之間的，我們談得非常投機。在煙榻上，聽她談她所經歷的人生與所聽所見的故事變成了我最大的享受。我不能知道以前許多人對她傾倒是什麼樣一個心理，在我，我覺得同她在一起，正像是到了一個與世界隔絕的境界，在溫暖的小小房間中，我可以忘記一切過去與未來，拋卻所有的憂慮與擔心，而辰光永遠可以在諧和愉快中消磨。

人的惰性就是這樣的像泥足一樣深陷而難於自拔。

正在我收到那封信而反復沉思之中，一種奇怪的經驗從我心頭浮起。

原來在野鳳凰的煙榻上，我偶爾也吸了一兩口煙，我從未覺得我曾有癮的。如今，不知怎麼，我竟感到一種熱燥不安，我急需有煙可吸。

吸毒的經驗是一種可怕的經驗，在開始的時候，我吸了一口煙，就可以興奮許久，不想睡眠，後來情形忽然顛倒過來，吸了一兩口煙，反而睡得特別安恬。可是我始終不當作自己已經上癮，而就在那一忽兒的熱燥不安，我開始害怕起來。

一個人在這樣的場合上，往往可以有兩種選擇，這種選擇也會成為一生不同的命運。我一方面因為害怕，想就商於李白飛；另一方面，我則想立刻到野鳳凰家裡去，那裡有舒適的煙榻，可以滿足我的急迫的需要。這兩條相反的路，在我心裡並不是有相等的力量，第一個念頭只是一種浮光掠影，第二個念頭則馬上使我行動起來。

可是命運還有不可思議的決定。就在我準備出門的時候，我就迎面碰見了李白飛。他一見我就說：

「有一封上海來的信，你看見沒有？」

「我看見了。」我說。

「是不是老耿來的？」他說著就拉著我與他一同往裡走，於是又說，「他已經找到他的孩子了麼？」

我沒有跟他走，只是拿出我懷裡的信，我說：

「就是他孩子寫來的，你看吧。」

我把信交給他，就想走了。但是李白飛一定要我伴他到樓上，他說：

「我有幾句話想同你談談。」

我跟他一同上樓，他一面走一面讀信，到了樓上，他把信摺起來還我；於是說：

「那麼你什麼時候去上海？」

「我？我還沒有想到。」

「我想你可以先回去。野鳳凰她們要去，我也可以替你招呼她們的。」他說著望望我。

這時候，我的熱燥變成了膩煩，我打著呵欠，好像無法瞭解他的話一樣。李白飛忽然拍我一下說：

「你怎麼在吸煙了？」

這一句話使我再沒有法子掩飾，我只得把經過告訴了他。他搖搖頭，沒有說什麼，只是從櫃子裡拿了幾顆紅色的藥丸給我。他說：

「剛剛開始，還沒有問題，你吃了這藥，在這裡睡一覺吧。」

他打發我睡覺後就出去了。我醒來已是晚飯時間，李白飛留我吃飯，他開始同我談起我的生活。他說我沒有第二條路，應當馬上就回上海去。沒有出我所料，他以為我到上海告訴了紫裳，由她匯錢來，再讓野鳳凰她們去上海，才是最妥當的辦法。如果這裡需要人招呼，他說他可以幫忙。他從櫃裡包了一些紅色的藥丸給我，叮嚀我以後再不要吸煙，萬一稍稍有點不舒服，吃兩粒藥丸，睡一覺，幾天就會好的。最後，他點交了一千八百元的錢給我，於是說：

「這是最後一次的紅利與薪金，你可以當作去上海的盤費。我希望你很快就離開這裡。」

「你是說，你已經不要我為你送貨了？」

「我想這於你是好的。」他說，「我們朋友是朋友，事情是事情。我希望你去上海前還會來看我。」

李白飛並沒有講到辭我的理由，但是我知道他是絕不要一個會吸煙的人去為他們送貨的。我沒有抱怨，只是對他感佩。他是一個很幫我忙的人，也是一個很果敢的人。

我從李白飛住所出來，帶著一個包袱回到野鳳凰家裡去的時候，已是九時以後的夜裡。小城市的夜是黯淡的，寂寞的街頭有很少的行人，天氣已經交春，天空的星光熠熠，似已無冬夜的僵木。奇怪，這時候，使我想起的竟是紫雲庵的階前，我是怎麼樣在紫裳的身邊望著這亙古不變的天空呢？

四十三

如今我已經沒有第二條路可走，我只有馬上回上海去了，而且越快越好。我身邊有一千八百元錢，我可以把一千元給野鳳凰，我有八百元錢也足夠做我的盤費。這是我在路上時的打算，但是到野鳳凰的家裡，心裡的感覺就完全不同了。當我告訴她我已經被李白飛辭職的時候，野鳳凰並沒有一點驚訝，也沒有為我的職業可惜，反而笑著說：

「早點離開也好。這不一定是好職業。」

「如今我全部財產只有這一千八百塊錢了。」我說，「我想，如果你們不能同我去上海。我先回去，你們再來，怎麼樣好？」

「你為什麼要那麼急？」野鳳凰笑著說，「小鳳凰一回來，我們同她商量了就可以同去。現在你正可以在這裡休息幾天。」

野鳳凰說的時候，她在煙榻上裝了一支煙槍給我。就在我要躺到煙榻上去的一瞬間，我突然想到了李白飛給我的紅色藥丸，同他給我的警告。我覺得這正是我自己考驗自己的一個關鍵，我從我懷裡拿出藥丸放在煙盤裡說：

「這是李白飛給我的藥。我剛才發現我已經上癮了，你是我的好朋友，別的不能幫助我，這一點你千萬為我做主，以後無論如何，不要讓我吸了。」

「真的，這藥可以戒煙的麼？」野鳳凰拿著紅色的藥丸端詳了一會說，「好的，好的。這是我的不好，你本不該吸這個的。」

「剛才，在李白飛地方，我突然感到燥熱不安，渾身抖索，我正想回來的時候，李白飛拉住我，他讓我吃了他的藥，我睡了好一會。醒來癮已經過去。他給我帶了一些，說是癮發時再吃。他說像我這樣幾次就可以斷癮了。」

「那麼像我這樣呢？」

「這倒不知道了。」我說。

「能不能去請教請教他？」

「真的你也想戒去麼？」

「為什麼不？」她一面說一面吸著煙，「我想我不應該帶著這個習慣去上海才好，是不？」於是，她放下煙槍：「不瞞你說，我戒煙也不只一次。倘若我沒有這個嗜好，我很可以跟著小鳳凰走碼頭，如今我完全為這個縛住。我也不能一直把女兒辛苦的錢去吸這個。」

「好的，好的，」我興奮地說，「如果你有決心，讓我去找李白飛，我想他一定會幫助我們的。他雖然辭了我，但是我們相處得很好。」我這樣說著，忽然想起了大夏、大冬寫給我的信。我說：

「他今天辭我，也許還是為上海來的信。」

「上海有信來？你已經寫信去了？」

「沒有。這信是老耿的兒子來的。」我一面說著一面拿出信來，我把信讀給野鳳凰聽。她忽然很有感觸似的不再說什麼。我說：

「這封信使我很高興，我終於使他們的父子團圓了，如今我就希望你們的母女團圓。」野鳳凰沉吟不語，忽然說：

「你以為紫裳仍會認我母親嗎？」

「啊，所以你並沒有去上海的決心。」我說。

「老實告訴你，為我，我並不想去上海。如果我有點去上海的意思，是為小鳳凰。她去上海，也許可有點前途。我並不感激你使我們母女團圓。對於過去，我只想忘去，你提醒我，只是使我痛苦。紫裳對我不全瞭解，她也許會恨我也說不定。」

「你所說也許都不錯。但是這一切都不是我的力量，我不過是命運的媒介，我偶爾碰到老耿，也偶爾碰到你，而你們的子女竟都是我的朋友。我並不希望你感激，只是我覺得老耿可以快樂地父子重聚，你也會快樂地母女團圓的。一切還不是命運所擺佈的。我相信紫裳不會恨你。你到上海也不一定要依賴她的，是不？」

我說完了，野鳳凰並沒有作聲。她只是燒弄著煙土。最後，她忽然放下煙具，望著我說：

「野壯子，我一直忘記問你一句話：你究竟是不是還愛著紫裳？」

「我想我還是愛她的。」

「你是不是以為把我帶到上海，可以使你與紫裳的結合有點幫助呢？」

「我沒有這樣想。」我說。

「如果真沒有這樣想，那是好的。否則我怕你會失望。也許紫裳因為你把我帶去，反而使她對你厭憎也說不定。」

「你所想的好像很合情理，但是並不合實際情形。不瞞你說，我相信紫裳的心裡也仍是愛我的，只是我的經濟地位與社會地位與她相差太遠，她是不可能同我結合的。即使你到了上海，你肯極力幫忙，也沒有法子使我們結合的。你放心，我要有本事，就使我自己有足夠經濟力量與社會地位，但是這是沒有希望的。這些我都很清楚，我並不想借重你。」

「那麼，你可更使我奇怪了，為什麼你這樣願意幫我忙，這樣願意同我們來往呢？」野鳳凰說。

「你不會瞭解。」我說，「也許我自己也很難瞭解自己，我想一方面我覺得是因為我愛著紫裳，另一方面也可以說是我的好奇。可是如今我還可以說我覺得你是找一個難得的朋友。像我所告訴你的老江湖、舵伯是我的朋友一樣，這是一種緣，在我的生命中，似乎常常有這樣的交友，而這次竟同以前沒有什麼分別。雖然你是一個女人，但是我們可以無話不談，可以自由自在，可以覺得非常舒服與和諧。」

「如果真是這樣，那就是我要知道的了。現在我們不談這個好不好？」野鳳凰忽然興奮地說，「那麼，為我們的友誼，你願意陪我等小鳳凰回來，一同去上海麼？」

「當然可以，如果你決定與我一同去。」

「那麼，我想請李白飛來這裡吃飯。」
「為什麼？」
「我要戒煙！」
「真的？」
「我知道你可以幫助我，正如我可以幫助你一樣。」她說，「戒除了這個嗜好，我不但可以少依賴小鳳凰，也許也可以弄一點事情。到上海，我也許可以開一個小小的鋪子。如果我不依賴紫裳，當她朋友一樣地同她來往，我的心裡就可以舒服得多了。」
野鳳凰說著從煙榻上站起來，她走到鏡子前看了看自己，用細瘦的手指掠掠自己的鬢髮，於是，眼睛發出一種振作興奮的光輝，她臉上露出輕盈的微笑，開玩笑似的說：
「野壯子，我希望你會是我的女婿。」
當她再躺下煙榻吸煙的時候，我的煙癮又發作了。我說：
「我要吃藥丸去睡覺了。」
「也好。」野鳳凰說，「啊，你不說領到一千八百塊錢麼？可以借我一千元麼？」
「當然可以，」我說著把我袋裡的錢，分了一千元放在煙盤裡，我說，「可是這是給你做去上海的盤費的。」
「你放心，動身前我先要把這錢還你的。」
我不知道她所想的是什麼，我也沒有問她。

當時我的煙癮使我很不舒服，我急於吞服藥丸就寢，我已經無法再想到別的了。

……

當我第二天起身的時候，野鳳凰已經同胡嬤一同出門了。這使我非常奇怪。野鳳凰是從來不出門的人，昨天她也沒有談起，難道是小鳳凰有些什麼消息？或者竟是去接她？我同翠妹談談，她也什麼都不知道，只說她們是會回來吃午飯的，所以我也就只好耐心地等她們回來。

她們果然於中午前回來，我馬上看出情形有些變化。野鳳凰已經打扮得非常齊整，她們買了許多東西。接著，泥水匠與電燈匠都來了。她們計畫著裝修房子。

「這究竟是為什麼呢？」我於泥水匠電燈匠走後，禁不住問野鳳凰：「我們昨天不是計畫著就要去上海麼？」

「是的，但是我先要戒煙。」野鳳凰說，「我想請李白飛吃飯，我不能一點不顧面子。」

「但是請李白飛吃飯，這有什麼關係呢？」

「慢慢你會明白的，野壯子。」野鳳凰說，「你去約李白飛，叫他定一個日子到我家來吃飯好麼？最好下禮拜二以後，小鳳凰那時候也許也可以回來了。」

「有她的消息麼？」

「啊，我忘了告訴你，昨天有一個朋友轉來一封信，她們的女兒也是在一個班子裡的，小鳳凰托她們帶來一些錢。」

我不知小鳳凰有多少錢帶給她母親，但是我想得到野鳳凰之所以昨夜不告訴我是因為要問我借一千元錢的緣故。而這錢，她是完全要作改變生活之用的。但是這是生活的改變，於我們去上海的計畫是多麼矛盾呢？我本來也想對她說些什麼，可是這就好像是因為我借了她一千塊錢而要干涉她的行動一樣，未免顯得太小氣。反正，小鳳凰要來，如果她們一時沒有去上海之意，我還有八百塊錢在手頭，總是隨時可以動身的。

房子的裝置於第二天開始，她在客廳的左端隔了一間小間給我住，把客廳同她的自己寢室重新粉刷佈置了一下，她還新置了一些家具。

接著，她出去購買了好些新穎講究的衣料，叫來裁縫，添置了好些衣服。就在請李白飛吃飯的一天，野鳳凰竟已是容光煥發，我發覺她像是完全換了一個人一樣，她做了頭髮，洗了牙齒。簇新的衣裳以外，還戴上我從未見過的首飾，耳朵上是一對翡翠的耳環，手上是一只藍寶的指環，臂上是一只玉釧。這玉釧使我想起何老臨死時托我帶交給舵伯的玉鐲，我並沒有問她這玉釧的來歷。但是從胡嬤口中，我知道這些首飾都是前一二天內去贖回的。

四十四

在房子裝置好以後，我搬入了野鳳凰為我佈置的小房間的那天，我去拜訪李白飛。我知道李白飛不很願意同陌生人的交往，但是我覺得他對我至少總還有這點信心。我自從離職以後，一直沒有去看他，他一見我就很突兀地問：

「你還沒有去上海？」

「我想把煙戒淨了再走。」我推託地說。

我的戒煙進行得不算不順利，起初我需要一日兩次來吞服解癮的藥丸，現在只要一日一次了，而這總是在夜裡飯後。唯一感到不舒服的是精神萎頓與排泄不暢。我當時就這情形告訴了李白飛。

「還在靠我給你的藥丸麼？」他說，「真是！像你這樣身體不用藥也可以戒去，只是要有決心。沒有決心，藥丸也無從幫助你。」

我便告訴他那藥丸所給我的反應。我的精神萎頓與排泄不暢的徵象。

「你缺少運動，你缺少運動。」他說，「你如果每天走四小時的路，就不會再有什麼了。你不要再想到煙癮，也不要再想到藥丸。煙癮起的時候，你就打一套拳，或者跳跳繩，累了就睡覺，那就什麼都沒有了。」

這使我想起我在野鳳凰家裡真是太懶惰了，我的生活竟像是竟日同韓濤壽耽在燕子窩裡一樣。我既沒有職業，也沒有打算，我只是在等待。等待野鳳凰發動回上海去。

我於是告訴李白飛，我所以不馬上回上海，是為等待野鳳凰他們同行。我又告訴他，野鳳凰見我戒煙，也很想去上海前也把煙戒去，要請他幫忙。所以要我約他吃飯談談。

李白飛聽了我的話忽然笑了。他說：

「我又不是醫生，也沒有什麼仙丹。這些藥丸只是一個土方子。戒煙沒有別的，只是一個決心。她要藥丸，我送她一些就是，吃飯也不必客氣了。」

「但是，人家好意請你吃飯，你就去談談有什麼關係？人家想戒煙，你鼓勵鼓勵她也總是對的。說穿了她也是你多年的主顧。」我說。

「好的，好的。」李白飛說著笑了，「可是她戒了煙就不再是我的主顧了！」

當時我與李白飛約定了時日。就回去告訴野鳳凰。

究竟野鳳凰對於房子的裝置是為宴請李白飛，還是對自己一種振作，我無從瞭解。但當我告訴她我與李白飛所約的日子時，野鳳凰忽然興奮地看看日曆說：

「那麼是十八。好的，你知道小鳳凰二十號就要回來了。」

「那麼你是不是想改到二十號以後，也許大家可以熱鬧一點？」

「不了，就這樣好了。」她說，「我想第一次還是只有我們三個人。」

我不知道野鳳凰所想的是什麼。她的振作，也許是為小鳳凰要回來，她要給她女兒一個驚異。在幾天工夫之中，她一直忙於打扮自己與佈置房子。我估計她絲毫沒有珍惜地在花我給她的一千塊錢。

十八號那天，她一早就出去。中午有一個午睡，晚間她就盛裝地等李白飛來赴約了。

那天吃飯只有我們三個人，菜也並不多。可是我在李白飛喝了幾杯酒時候，就發現他已經被野鳳凰所吸引了。

野鳳凰的態度並不輕薄，非常風趣地同李白飛談他的生意與她自己過去的生活。她說她同九流三教的人都交過朋友，倒沒有交過一個做煙土生意而肯幫人戒煙的朋友。

「這正如做棺材生意的人也不是要逼人死一樣。」李白飛說。

李白飛於是問野鳳凰吸煙的歷史。最後竟答應野鳳凰說：

「如果你真的有戒煙的決心，好好聽我的話，兩個月內我包你戒去。」

「真的？那麼你就是我的恩人了。」野鳳凰興奮地說。

野鳳凰於是談到如果到上海去重會她的女兒，她必須先把煙戒去，振作一些，她不想做一個要投靠依賴女兒的煙鬼。她希望我與李白飛在這方面真正給她一點幫忙。

那天飯後，我吃了藥丸先去就寢，我不知道李白飛是什麼時候走的。第二天下午，李白飛就親自送來戒煙的藥丸與另一種黑色的藥粉。以後他就經常地來拜訪野鳳凰了。

小鳳凰本定二十號回來，但晚了四天，到二十四號才回來。

那天我出去散步，回家的時候，翠妹來開門，她告訴我小鳳凰已經回來了。我急於想會見她，就匆匆地趕到裡面。

在座的有三四個人，野鳳凰為我介紹，一個是小鳳凰的師父，一個是琴師，他們兩位都是五十歲以上誠懇的人。於是我看到了小鳳凰。她在胡嬤的身邊站著，看了我一眼，笑笑。

小鳳凰有一個高高的身軀同一個橢圓的臉，她穿一件藍底紅花的旗袍。她的眼睛很像她的母親，在她一笑的時候，我看到她左頰上有一個像她母親的笑渦。她的右頰上有一粒小小的黑痣。我很想在她身上發現些像紫裳的地方，但是除了她頭上長長的髮辮，使我想到我行篋中紫裳的頭髮以外，我竟找不出有其他類似的地方了。可是我又好像覺得她這個形象並不是十分陌生。

當時小鳳凰一直同胡嬤在談些什麼，我沒有機會同她交談。我與她的師父與琴師談些他們這些日子的行程同各地對他們演唱的情形。他們對小鳳凰非常看重，認為她已經是她一輩中最成功與最有希望的人了。

在一切談話之中，野鳳凰並沒有提起去上海的計畫，也沒有談到紫裳。好像因為他們提起小鳳凰的前途，我無意之中提到了上海，野鳳凰就看我一眼，我以後也沒有再提。後來胡嬤弄了點心出來，大家用過點心，小鳳凰的師父與琴師就告辭了。

接著，胡嬤與野鳳凰清理小鳳凰帶來的行李。她們把她安頓在她母親的一間房內。我發覺小鳳凰真是很天真，她似乎什麼都信託她的母親。現在我覺得，野鳳凰所說的要把回上海的計畫同小鳳凰商量，是一種推託的話。實際上只要野鳳凰所決定的，她女兒是不會有什麼異議。夜裡，在我們三個人的飯桌上，我滿以為野鳳凰會提起這件事情，可是她也只是談些別的。當時我心裡非常不安，我想不出野鳳凰要我留在這裡的意思，如果她真是不想去上海。

我不知道野鳳凰有沒有服戒煙的藥，那天既是小鳳凰遠來，母女兩個很早就走進她們的臥房，我當然不便進去，也提早先回自己的房裡。那天是我第一夜搬到那房間，所以我也清理清理東西。這時外面忽然有人問：

「怎麼，這麼早就睡了。」是野鳳凰的聲音，她說，「我可以進來麼？」

「請進來。」我說。

野鳳凰還是同白天一樣的打扮。她說：

「你在幹嗎？」

「我在清理行李。」我說。

我的行李很簡單，本來只是一個包袱，如今添了些必要的衣著，也只是一只提篋。當時我的東西都散置在床上。野鳳凰就隨手翻動著，馬上她就發現了紫裳的頭髮。

我已經把我什麼都告訴過野鳳凰，但是關於紫裳的頭髮與阿清的木梳，我一直沒有提起。這並不是想對她保守什麼祕密，這只是我心理上一種矛盾，是我自己都怕對自己提到的。她拿起了頭髮，看了看又望望我。我說：

「你看這個幹嗎？」

野鳳凰摸摸那束頭髮，又摸摸自己頭髮，她說：

「那是紫裳的頭髮？」

「是的。」我說，「這是我唯一的紀念。」

「真的，」她說，「那麼她是真愛你的。」

「怎麼，你一直不相信？」我說著笑了。

「我不相信我的女兒會真心愛人的。」

「你是說你自己？」我說，「我覺得你也不見得真愛你女兒。」

「你說紫裳麼？」她說，「我太久不見她了，我想忘去她。」

「即使是小鳳凰，你真心在愛她麼？」

「為什麼不是呢？」她說。

「我覺得你只是愛你自己。」我說。

野鳳凰不響。

「你並沒有真的像你所說的，為小鳳凰的緣故，所以要去上海。」

「為我自己麼？」她笑著說。

「你並沒有去上海的意思。」

「你慢慢會知道的。」她說，「現在我只是要你知道小鳳凰並不曉得我的過去，也不知道我還有一個女兒。我不得不耐心地從頭把這些對她談談。」

這句話可真是提醒了我。我不知道野鳳凰在小鳳凰頭腦中是一個什麼樣的母親，現在至少要把這印象有所塗改了。這當然是不容易的事情。我說：

「那麼你打算怎麼樣去告訴她呢？」

「我要什麼都告訴她。」

「這是說……」

「你知道這是很困難的。」她說，「她雖是還很天真，但已經是成人了。」

「你不是說想編一個故事去告訴她？」

「你大概還不知道，一個人對於所愛的而接近的人隱瞞著過去始終是一種痛苦的事情。」

野鳳凰並沒有看我，她用前齒咬咬下唇。於是順手拿起床上那本有紫裳照相的畫報，敲敲她的左手說：

「所以今天我很想清清楚楚讓她知道她母親到底是一個什麼樣的人。」

這時候我看到她美麗的眼睛已經潤濕起來，我說：

「要不要我替你去對她說明呢？」

「用不著。」她說，「這畫報借給我，好麼？」

我點點頭，她拿著畫報就返身走了。我知道她是要讓小鳳凰去看看紫裳的照相。

野鳳凰的態度很使我感動，她的心理我也很瞭解。我撫摸著紫裳的頭髮與阿清的木梳，心中有說不出的感觸，一瞬間我突然想到阿清，這個站在村屋前望著我的印象，使我感到一種說不出的內疚，我覺得我欠她的實在太多。而這些日子來，我竟把她完全忘了。

於是，像閃電一樣的在我腦裡掠過了小鳳凰，我突然發現這個我覺得並不陌生的印象竟是阿清的影子。

可是這兩個人並不是屬於一個類型的，阿清修長的身軀但並不纖瘦，她有豐滿的肉體同健康的膚色。小鳳凰則有點近乎纖瘦，她有白潤的皮膚與婀娜的身軀。我無時真想馬上去看看小鳳凰，看究竟她在哪一點上引起我對阿清的想像。但是，這時候，我知道小鳳凰的母親正在對她訴說過去的一切，我自然不便去打擾他們的。

四十五

人的關係真是不可捉摸。在我與小鳳凰第一次見面的時候，她給我的印象實在很淡，她對我也毫不注意。在她母親的身邊，像我這樣的人，她一定已經看得很多。可是當我想發現她與阿清相同的地方的時候起，她的印象好像就濃了起來。而也是在那個時候，我以後知道，當野鳳凰告訴她我與她姐姐紫裳的關係時起，我也成了她的謎了。

第二天開始，我們就很自然地接近起來，我不知道她在我身上有否尋到她想認識的紫裳，而我在不久以後，就發現她在什麼地方像阿清了，那是她的嘴唇與口腔，她們都有一列短小而整齊的前齒。

這時候，我們的生活有許多變化。野鳳凰要我教小鳳凰讀點書，所以我們總是在家，野鳳凰自己忽然整天同李白飛出去。去上海的事情已經沒有提起。李白飛來時看到我，也從來不問我幾時去上海。我偶爾問起野鳳凰戒煙的事情，他說已經減少許多，很快就可以戒絕了。他同以前有點不同，他好像並不願同我多談，正像大人不願意孩子們知道他們的事情一樣。

野鳳凰對我雖還是同以前一樣，但是談話可沒有以前的誠懇與坦白，我猜想她與李白飛或有不願意我知道的關係，或者在做些不願意我知道的生意，但是我不便問她。原因是我們單獨在一起的時間幾乎沒有，在小鳳凰面前，我談到李白飛總覺得非常難於措辭。

以後回憶起來，我的一生也許就是那一段時間是最悠閒愉快了。我每日不用愁錢，現成有吃，有住，也不必對人有什麼接觸。唯一接觸的人是小鳳凰，她真是聰敏，也肯用功。她本來大概有高級小學一年級的程度，我在十天之中就教完了高級小學二年級的國語。而且她都能熟誦。以後我就加上了常識地理歷史算術一類的功課。教一個聰敏肯用功的學生，真是一件很快樂的事情，而我就非常愉快地做了她的家庭教師。除了我這個家庭教師以外，小鳳凰的師父也每天來教她大鼓與戲。小鳳凰的師父，陸夢標，真是一個非常愛護與關心小鳳凰的人，只要我同他有偶爾談一會兒話的機會，他總沒有離開過小鳳凰，他好像把小鳳凰當作他的女兒，又好像把小鳳凰當作他的傑作一樣。這使我時時想到，如果小鳳凰去上海換了一種生活的問題，這恐怕會是給陸夢標一個太大的打擊的。

事實上，像小鳳凰這樣的學生，也難怪陸夢標會當她像珍寶一樣。就是短短時期教她一點書的我，也漸漸把她與我的生命聯繫起來。好像只有教小鳳凰功課的時間，我的生命方才充實，教完了書，我就開始覺得空虛。我相信許多忠實的教師們是有同樣的經驗的。

我很難敘述我在這一段生活中的感覺。我不知道這是人性的惰性，還是我特有的缺點。我當時沒有收入，也沒有花費。我也不知道，甚至也沒有想到野鳳凰是怎麼在維持這個家庭的開銷。總之，在我給了野鳳凰一千元現款以後，她再沒有向我提到錢的事情。在那個環境中生活，我似乎並沒有太想到前途。我只是一天一天地過去。

這樣天真與無知的日子，也許只因為小鳳凰在一起才能過到。她好像自從出生以來從未想到自己的生活與前途，一切都依賴而且信靠她的母親與師父的。她除了演唱賺錢交給她母親以外，連做衣裳似乎也全憑母親為她料理。她並不知道金錢的來源與生活的艱難。也許野鳳凰有意不讓她知道，也許在野鳳凰的處理中，她無需知道，總之，她對於自己不需要也不必注意。照料她生活的是胡嬤，對她可以說無微不至，凡是她想吃的都會供給她。而她也並沒有過奢的要求。我很難說她生性是這樣平易，還是環境使她可以保住這樣平易的個性。

可是奇怪的是她也並不是一直在家庭裡生活的小姐，她也跑過不少碼頭，一定也接觸過不少的人，許多人還想過佔有她。她怎麼能夠對這些都從未注意呢？她從不願談她生活周圍的事情，她對這些幾乎是不保留印象的。可是她對於所唱的一些歌詞裡的故事，同我對她講到真正歷史上的傳說比較時，她可就有了奇怪的興趣。

我也曾經同她談到上海以及種種的繁華生活，這好像對她也沒有什麼特別的吸引力。可是同她談到地理上各處的人情風俗，她倒反有熱烈的好奇。

不知怎麼，由於小鳳凰很不平常的個性，使我同她在一起覺得很有興趣。我覺得她到上海以後，應當放棄她的賣藝生活，紫裳現在經濟上已不成問題，她也可以再去讀讀書了。我想到何老臨死時不希望紫裳在江湖上成紅角，紫裳應當在小鳳凰身上去改變才對。在她的個性上、知識上以及環境上講，她的前途比紫裳真是不知要寬闊多少了。

我知道我的想法與陸夢標的想法是完全不同的。陸夢標當她是他的傑作，他要把她訓練成紅遍大江南北的藝人，而我則想她再找她真正可能的發展。我也有好幾次同野鳳凰談起，我想知道野鳳凰的意向，可是她一直沒有什麼肯定的表示。

我無法否認，我的教育使我的頭腦非常褊狹，我像許多讀書人一樣，以為讀書是一個基本的而了不得的事情。當我發現小鳳凰在學業上的聰慧與進步時，我竟有意地要讓她去進學校讀書了。我甚至想到如果紫裳不願供給她，而我也當想法去供給她。

我們往往把自己某種成見要加在所期望或所喜愛的人身上，許多父親一定要兒子承繼自己的行業，許多愛鳥兒的人往往愛用自己意思造一個講究的鳥籠來讓鳥兒來住。我不知道我的想法是否同陸夢標有什麼不同。我竟越來越不喜歡陸夢標來教她唱戲，而希望她可以像我一樣，由補習而進正式的學校去做學生。

由於我這種奇怪的錯覺，我對小鳳凰的教書也越來越認真，我像爭取政治的群眾一樣，要她對我所教的功課發生興趣，而對她的歌唱漸漸失去興趣才好。這樣就在那日子的消逝之中，小鳳凰的知識欲開始發芽，她生活的重心就慢慢轉移了。

於是，一件不應該有的事情發生了。

願一切不瞭解我的人原諒我吧。生命有許多不可思議的事情，可是這不可思議的事情總是有可以解釋的原因的。

有一天，同平常一樣，野鳳凰出門了，我在教小鳳凰書的時候，她問了好些不容易解釋的問題，我望著她眼睛與嘴唇的表情，突然有一種奇怪的感覺，我出其不意地擁吻了她。當時我懊悔已經來不及，她像旋風一樣地站起來，拿起桌上的書，擲到我的臉上，一轉身就奔進野鳳凰的臥房。
我追進去的時候，她已經伏在床上哭了。
「原諒我，」我說，「我知道我是不應該的。」
她沒有理我，還是哭。
「我不應該，但是……」我說，「請你原諒我這一次，我願意受罰。如果你一定以為還是這麼不能原諒，那麼回頭你告訴你母親，我明天就搬走好了。」
她不理我，還是伏在床上哭泣。
「那麼你要怎麼樣呢？」我說，「你要我怎麼都可以，但是我希望你不要再生氣。如果你當我是這樣的不好，為我生氣也不值得，你以後不理我就是了。」
「我不是我姐姐，這樣容易受你欺侮。」她突然大聲地說。
「我怎麼欺侮你姐姐？她……她是紅角兒，她不可能要我。」
「你當我是什麼人，是到你船上來賣唱的歌女？」她突然從床上起來，對著我說。
「你想到哪裡去了？」我說，「我知道我不應該，但是我沒有輕視你的意思。我只想做你最忠實的朋友，我願意為你做你所喜歡的事。就算我同你姐姐吧，我也沒有什麼對不起她。我一直想念著她。」
「那麼你還對我……哼。」
「就因為你太像你姐姐了。」

這是一句謊話！小鳳凰並不像她姐姐，我以後發現我所以突然會禁不住吻她的原因，實在是因為她的嘴唇太像阿清了。

也許我是卑鄙的，但是我的心理是可憐的。

「請你原諒我，我知道我是不應該的。」我重複著說，「如果你不能原諒，你告訴你母親，我明天就搬走就是了。如果你肯原諒我，我保證以後決不會對你什麼，我還希望可以好好教你讀書。現在，我求你不要再同我生氣了。」

「你肯教我書，我很感謝你。可是不要當我是我姐姐來教我。我是我，她是她。她姓何，我姓劉。」

「我不是這個意思，我也並沒有教過她書，我同她關係和同你是不同的，你們的生活個性都不同，我都知道。可是，當我認識你母親以後，你還沒有回來，我只能從你姐姐想像你。這也許就是我錯了。」

說到這裡，外面有陸夢標的聲音，小鳳凰抹了抹眼睛就出來了。我跟在後面。我只同陸夢標招呼一下，就回到自己的房裡。這時候我怕的是她會把這一件波折告訴陸夢標。

小鳳凰像一朵長在牆側的玫瑰，我一直只看到她在和風暖日下溫和的姿態，但是今天我觸到了她葉下的刺，是如此敏銳與鋒利，它使我整天負著不解的隱痛。

我一個人在房裡不知有多少時候，起初我很擔憂小鳳凰把剛才的事情告訴陸夢標，慢慢我就覺得我逗留在她家本來就是多餘，也許由這個變故，可以使我早點離開那裡。

我不知道野鳳凰現在有什麼打算，她也許一時已不想去上海了。但我究竟為什麼一定要跟她同行？而這許多日子來，我竟也什麼都沒有打算。我開始反省自己，覺得自己竟同小鳳凰一樣，完全在依賴野鳳凰，我不知道野鳳凰在哪一點引起我的信心，使我有這種聽她支配的惰性。

自從大夏、大冬的信到後，李白飛就勸我馬上到上海去。時隔一月多，我沒有回大夏、大冬的信，李白飛也沒有再勸我去上海。這中間，好像李白飛也竟是被野鳳凰所操縱著。一個人被某種力量所支配，往往自己並不曉得的。

在我這些反省分析之中，我終於又想到剛才吻小鳳凰的事情。我想到那遠在周家而被遺忘的阿清。如果他們真是企盼我的音訊的，那麼我一生所最對不起的恐怕就是她了。不管我的下意識有什麼樣可憐的溫情，但是我吻小鳳凰時並沒有把她看作阿清。這許多日子中，我所想的是去上海，並沒有起了回到阿清身邊的意念。這足見我不是一個真正看重愛情的人了。

說到愛情，如今要問我究竟愛的是紫裳還是阿清，我是無法對自己回答。我也很難瞭解自己心裡是否有愛情這個東西。我所能知道自己的是我對紫裳並無欠負，對阿清則深感內疚，紫裳沒有我也許活得更好，阿清則可能為我憔悴。

我揀出阿清給我的木梳與周泰成所給我那破舊的信封，開始覺得我應當先寫一封信給他們才對。我身邊所剩的八百塊錢，一直沒有用過，我想分四百元寄給他們。

我的信寫了好幾次，都不知道怎麼措辭。一個人往往可有比較高尚的情操，可是在實際打算上，這情操又會開始變質。我開始所寫的是想請阿清不必等我。可是一改兩改，我竟又改了口氣，仍舊希望她會等我一年了。記得最後寫好的信大概是這樣的：

泰成大叔：

別後一直沒有安定，我也很難說什麼時候可以回來。我想想自己真是一個到處生不了根的人。阿清如果等我，千萬只等一年，一年中我希望可以回到你那裡，如果仍無法回來，那也就是命中註定如此。

這裡匯上洋四百元，不敢說是報答你們對我的至恩厚意，只是希望你們與阿清有比較安詳愉快的生活。

我還未到上海，如果給我信，可寫寄「上海學規路元成村五號穆大夏轉」。

也壯

轉信的地址就是大夏、大冬給我的信上來的。

我當時把信封好，又重新打開。我覺得我所有的八百元已無法使我到上海有什麼用處，光是旅費也用不著這許多，所以我想把五百元匯給他們，我把信上的「四」字改了一個「五」字。

許多良善的動機，也許是值得讚美的。但是我的動機實在說也並不是什麼高尚的道德的驅使，也許只是求我良心的安逸。寫好了信，我的心一時比較輕快許多。

當時天色已經暗下來，我封了信預備明天寄出。我決定等野鳳凰回來時，我要告訴她我打算一個人先回上海了。

四十六

「野壯子！野壯子！」

野鳳凰一回來就找我。今天的情形同往日很有點不同。我答應著出來，她問：

「小鳳凰呢？」

「我不知道，剛才陸夢標來了，在教她唱戲，我想。」我說著，想到剛才的波折，同我自己的決定。很想趁小鳳凰不在，找機會先同她談談。

但是野鳳凰並沒有給我機會。她又慌忙地找胡嬤。翠妹進來，說胡嬤去買東西，小鳳凰同她一同去的。

「早點吃飯，晚上我請大家去看戲。」

看戲，還在我們這個環境中真是一件稀罕的事情。我在讀書的時候還常常看戲看電影，自己進了班子，就再沒有走進過別的戲院。以後跟了唐凌雲，完全過另一種生活。到了這個小城市，我根本沒有注意到有什麼戲院，這些戲院與電影院，在設備與建築上講，根本就不會引起我的興趣。野鳳凰也從來沒有提起過這裡的戲院與戲，今天到底是什麼興致，會想到去看戲。

「什麼戲？你有這樣好的興致！」

「李白飛的戲院開幕，今天演紫裳演的一部電影。」

「紫裳的電影？」我對於第一句話並沒有什麼特別的感覺，對於第二句話竟有一種奇怪的反應，我的心突然地跳起來。好像這是與我很有關係似的。

就在這時候，胡嬤與小鳳凰回來了，野鳳凰吩咐胡嬤早點弄飯，一面又重新告訴胡嬤飯後一同去看紫裳的電影。

胡嬤非常興奮地問紫裳所演的是什麼戲。可是小鳳凰似乎毫不驚奇。她走到我的身邊說：「你以前也沒有看過她演的電影麼？」

「沒有。你呢？」

「我看過。」她冷靜地說。

我本來想問問她看過什麼戲，是好是壞一類的問題，可是看她冷峻的態度，覺得還是不提好。我當時就說：

「你還同我生氣麼？」

「生什麼氣？」

「還當我是你的朋友麼？」

「我當你是我的老師。」她說著就走開去了。

胡嬤出去後，我同野鳳凰母女在一起，小鳳凰好像並沒有把剛才的事變記在心上，我很安慰。

「今天是什麼戲？」我問野鳳凰。

「叫《愛情的墳墓》。」她說。

「啊，我看過。」小鳳凰說。

「但是那時候你還不知道就是你的姐姐。」野鳳凰說。

「演得還好麼？」我問。

「你看了就知道了。」她笑了笑，於是又對她母親說，「我不去了。」

「再去看一遍吧。」野鳳凰說。

「沒有什麼意思。」小鳳凰從來都聽從她母親的話，但今天忽然不同了。

「就算陪陪你母親。」我說，「我們在一條街上也常走十次八次的，是不？」

「自然再看一遍也沒有關係。」小鳳凰說。

野鳳凰那天沒有吸煙，我很注意地觀察她。胡嬤與翠妹開飯上來，野鳳凰就叫她們在一起吃飯，大家都很高興。但是我知道我們幾個人的心理是完全不同的。我不知道自己，為什麼我當時心裡有說不出的焦急與害怕。好像這個戲是我所編導，也好像紫裳的上銀幕是我所帶引的，她的好壞都該由我負責似的。我不知野鳳凰的心理是怎麼樣，她對於紫裳本來已經忘了，完全是我重新把她喚醒，如今紫裳已成為她必須面對的一個現實，也許她看了紫裳的電影，使她到上海時同紫裳會面不會過分地突兀。但也許紫裳的成功對她是一個諷刺，這裡面，是汗是淚，她——紫裳親生的母親——並沒有為紫裳流過。胡嬤與翠妹也許較有單純的興奮。在胡嬤，竟像是野鳳凰與紫裳重會一樣，似乎看這一場電影，野鳳凰就有了依靠了。

飯後，等胡嬤與翠妹收拾好，我們全體就出發了。鎖了門，雇了洋車，一徑就到那個叫做永光電影院的門前。

電影院很小，但因為是新開的，牆壁粉白，電燈通亮，門前都是攤販與閒人。一下車，在這狹小擁擠的街頭，面對著這個表面簇新，建築俗陋的戲院，我不覺回想到葛衣情同我解除婚約的那個戲院。但是回憶是一種奇怪的心理，我想到的雖是葛衣情同我解約的事情，而這戲院的印象則是我第二次伴同老江湖去那裡，一個人到那家戲院門前散步的情景。我清清楚楚地記得我在那門前站了好久，那裡戲牌上有大大的金字。那是一個越劇明星名字。我自然無法想起這個名字叫什麼了。

可是，當我無意識地抬頭觀望的一瞬間，我看到那電燈的光亮中是一幅醜俗的廣告畫。裡面有兩個女人一個男人。旁邊有幾個字：「紫裳、孫維亮、姚翠君主演。」橫的五個大字是：「愛情的墳墓」。

姚翠君，姚翠君。是的，這就是我當年看到的越劇明星的名字，如今她又在我面前出現了。這世界真是狹小，我不能想像她從越劇轉到電影同紫裳配戲的過程是有多少曲折的人生！當年紫裳在大舞臺上演的時候，她在同一城市裡上演越劇，如今她們在一個電影裡出現了，人生真有如許不解的偶然。

這許多感慨，自然都是後來分析的，當時我也許有點麻木。李白飛在門口等我們，我們就跟他進去了。

電影的故事是庸俗的，紫裳的演技也很幼稚。但是她是美麗的，她有一種奇怪的光芒，似乎時時在吸引觀眾的注意。在最庸俗的表情中，她偶爾的微笑好像就掩去她表情的庸俗，這因為她的笑容有一種神祕的本質，裡面總像有什麼值得探索的東西。

與其說我在看電影，毋寧說我在看紫裳，我偷偷注意野鳳凰，她也正是一樣。小鳳凰坐在我的旁邊，她不時發出笑聲。在紫裳表情過分的地方她笑，在故事不合情理的時候她笑，在劇中人哭的時候她笑，她的笑聲裡我發現有輕視與譏諷的成分。如果是別人，我想我會對他憤怒的，但對小鳳凰，我只覺得一種不安。

電影演了一半，片子忽然斷了，場中頓時漆黑，雜訊四起。小鳳凰忽然對我說：

「很好玩，是不？」

「許多地方很不通。」我說，我的意思是想先她來批評，免得她以為我一定要包庇紫裳。片子接好，電影重演的時候。我突然看到一個我太熟識的鏡頭。那是紫裳她披著長長的頭髮站在視窗的一個側影，視窗的風吹動著她的頭髮，她在唱一支歌。這只歌的調子我是熟識的，那還是何老的創作，歌詞本來我寫過，如今已經是改了。我突然發現她眼睛的光芒是虛浮的。她已經沒有以前的真摯了。我頓時想起她在風中飄動的頭髮也是假的。她的真發早已剪下，一直在我的行篋裡。

小鳳凰在我身邊又笑了出來。

「怎麼啦？」

「很好玩，是不？」

我還來不及回答，銀幕上突然出現了大夏。他已經長成很漂亮的青年。他並不是主角，但是還有點戲。他演得很自然。不知怎麼，這竟使我非常高興，而這是我看紫裳的戲時所沒有的經驗。

看完戲，我們回家。野鳳凰一直沒有表示意見。回到家裡，我對她說：

「她長得很漂亮，是不？」

「想不到，」野鳳凰忽然說，「可是，一個人在年輕的時候，往往不知道充分發揮她的美麗，等到知道如何發揮她的美麗的時候，往往青春已經過去了。」

「她很有點像小鳳凰。」胡孃在倒茶給野鳳凰，忽然笑著說。

我一直覺得小鳳凰完全不像紫裳，如今經胡孃一說，我竟也好像在小鳳凰的身上看到了紫裳。我雖然說不出哪一部分有點相像，但在某一種動態之中，她們總像有一種神韻上的相似。

「哪裡會像我。」小鳳凰說。

野鳳凰也看看小鳳凰，但只是笑笑。

野鳳凰一直沒有吸煙，這時她吞了一顆藥丸，她說：

「下星期我可以完全戒去了。」

「那麼什麼時候回上海呢？」

「我想最多再半個月。」

「真的？」我驚異地說，「如果半個月以後你們還不走，我可要先走了。」

「不瞞你說，我比你也許更急。」她說，「但是我必須了卻許多事情才能走。」

我當時沒有再說什麼。我知道野鳳凰已經吃了藥丸，就很快需要睡覺。所以就退了出來。

四十七

在床上，我久久未能入眠。電影的印象還在我的腦中。我想到紫裳的變化，想到匯款給阿清的事情，想到電影院裡小鳳凰的笑，還想到電影中的姚翠君與我當年所見到她的戲牌的名字。於是我想到自己，自己的過去，未來與現在。我想到野鳳凰的話，究竟她是否真的要去上海，還是另有其他的打算？我還想到她與李白飛的關係，究竟他們這些日子中在忙些什麼？我深深地後悔這許多日子在這裡耽擱，我還後悔我性格的懦弱。野鳳凰所說半個月的期限是否我應當去等她呢？……

我想了這許多問題，但並沒有一個解答。我也並沒有一個人馬上先去上海的決心。我記得我入睡的時候已經很晚，第二天起來，野鳳凰與小鳳凰都出去了。

我吃了點早點後，我就去匯錢發信。

天氣很明朗和暖，一到街上，我頓時覺得春天已經來了。經過一條比較熱鬧的街道，看到許多店鋪已經展覽出春裝，我忽然想到我應當添置些衣裳。我想到我到上海去是需要恢復以前的穿著的。

自從我到了李白飛的地方後，我也添置了不少衣服，但都是一些像送貨跑街一類所穿的簡樸。在我的生活中，在這個小城裡，我沒有更好的需要。當時我一心一意想積錢，我沒有想動用我的儲蓄，我一直預備非常簡單地去上海，再謀改變。如今我已經不打算積錢，我就開始想到花錢。其次當然是因為天氣暖和，我既然要添置衣裳，當然是要預備去上海也可以穿的。而我想我當時的確還受了昨天電影的影響，我有一種下意識的虛榮，要支持我社會上的地位。

在一家西服店裡，我做了兩套衣服，我又買了襯衣皮鞋與襪子等等。

等我花了這許多錢以後，我去寄信匯錢時，心裡突然有了變化。我本來是預備匯五百塊錢給阿清，現在竟連四百元都覺得太多。一個人對於自己的行為很容易找理由解釋，我當時就想到：我匯三百元給阿清的家裡，應該已經是一個很大的數目。所以我又把信裡的「五」字改成「三」字。我終於只匯出了三百元。

人的胸襟的寬狹，我想就在對於現實的執戀與淡漠。如果我是一個有氣度的人，我一想到對於阿清的欠負，我應該不會計較自己，我可以只留一點旅費，而把全數存款都寄去了。而我竟並沒有這種氣派！

匯了錢以後，當時我竟非常自慰，好像我已經還清了對阿清的欠負一樣，我有很愉快的心境走回家去。

開門的是小鳳凰，她打扮得很整齊。

「你已經先回來了？」我說。

「我早就回來了，等你上課。」她說。

「對不起，我出去寄封信。」

「這麼久？」她說，「我以為你也不回來吃飯了。」

「我還添置些衣服。」我說著同她走進去，胡嬤跟著開飯進來。

「你再不回來，我就要先吃了。」

「你媽媽呢？」我說。

「她不回來吃飯。」小鳳凰說。

在飯桌上，我發現小鳳凰對我的態度並沒有改變，好像比昨天事變以前還對我親熱一些。這給我很大的安慰。

昨天看了紫裳的電影回來，胡嬤說她有像紫裳的地方，我當時也不以為然，可是如今我又覺得她與紫裳完全不同了。我仔細注意她的一切，於是就在她握筷子的手指上，我突然發覺她的手竟同紫裳的手沒有什麼分別。這是一雙小巧而不露骨的手。和阿清粗健的手是不同的，和映弓有細長手指的手也是不同的。她戴著一只小巧的綠色的翠戒，這顯出對於她的手非常調和。

「你一直看我幹嗎？」小鳳凰忽然笑出來了，她問。

「昨天胡嬤說你像你姐姐，我倒想看看哪裡像？」

「她是她，我是我。」

「但是你們究竟是姊妹。」我說，「我發現你們的手就很像。」

「那麼別的不像？嘴呢？」

小鳳凰這一問，使我吃了一驚。我馬上想到阿清。我剛才寄了錢好像還清了阿清的欠負，這時候突然又令我起了內疚。我沒有馬上回答。她又問：

「那麼眼睛呢？」

「都不像。你是你，她是她。」我笑著說。

當時胡嬤進來，我們沒有再說什麼。胡嬤問小鳳凰同陸夢標商量了怎麼樣？

「你上午去看陸夢標了？」我問。

「是的。」

「商量什麼？」

「商量我們去上海的班子。」

「去上海的班子？」我詫異地問。

「你不知道？」小鳳凰說。

「你是說陸夢標也去。」

「自然，我們大家都去。不然我去上海幹麼？」

這真是一件突兀的事情，我頓時糊塗起來，我滿以為野鳳凰與小鳳凰要放棄現在的生活才去找紫裳的。原來她們是要組一個班子去闖碼頭。這同我所想的實在太遠了。當時我沒有再說什麼，我知道這完全是野鳳凰一個人的意思。我要知道一個究竟，只有同野鳳凰談一次才能夠知道。我決定等她回來後找機會清清楚楚地同她談一談。

下午陸夢標來了，小鳳凰在學戲。我一個人只是不安地等野鳳凰回來。一直到黃昏時分，我聽見野鳳凰回來，就迎了出去。我說：

「你回來了？我一直等著你。」

「等我幹嗎？」她笑著說。

「我想同你談談。」我說。

「我也正想同你談談。」她說，「晚上好不好？我現在想吃藥，先睡一會。」

野鳳凰起來時，已經是九時，我們吃了晚飯。

晚飯後，又隔了許久。一直到小鳳凰去睡了，野鳳凰才說：

「好吧，現在我們切切實實地談談。」

我們到了我的臥室裡，胡嬤泡了茶。野鳳凰忽然拿出一千塊錢說：

「這裡一千塊錢，我先還你。」

「為什麼？你同我要絕交麼？」我笑著說。但是我心裡可很有點吃驚。我以為一定是小鳳凰昨夜告訴了她我吻小鳳凰的事情，她要我先離開她們了。

「這是借你的，我自然要還你。」她說。

「你希望我先回上海去麼？」我說。

「為什麼？我正有許多事情要求你。」

「求我？」我笑著說。我實在想不出她有什麼求我的事情。錢，她巳經還我一千元，當然已經有了些辦法。我知道這是與李白飛有關係的。

「如今我們算是很好的朋友了，是不？」

「自然。」我說，「那麼何必還要還我錢呢？而且我一直住在你這裡。假如我要算給你房租與伙食費，你肯收麼？」

「但是你在教小鳳凰的書，你是我的客人。」她歇了一會，又說：「我要是沒有錢也就不還你了。而且你也需要錢用，是不？」她忽然站起來，掠了掠頭髮，推著錢說：「好了，現在我們不談這個。我要問你，你知道我現在想搭一個班子到上海去麼？」

「剛才我聽小鳳凰說，我正要問你這個。為什麼你要搭班子呢？去上海，你找紫裳。她是你女兒，有能力養你。很安靜地享享福。何必還要作別種打算呢？」

「但是小鳳凰，……」

「小鳳凰，她很聰敏，也年輕，她可以進學校，讀書。沒有理由一定要走這條路。」我搶著說。但是野鳳凰還是很安詳，等我說完了，她緩和地說：

「我覺得我很對不起紫裳，我沒有面目，像是到了沒有辦法的時候去靠她。我當初也因為不想紫裳走賣藝的路，那時家裡也有幾畝田，所以就沒有帶她走。這一個想法反而使她過了許多很苦的日子，這是我覺得對不起的地方。」

「但是我想，如果由我從頭講給紫裳聽，她也決不會怪你的。」

「你先聽我講，」她好像沒有聽我的話，喝了一口茶，又說：「你知道我嫁給紫裳的父親過鄉下生活，實際上是過不慣的，我常常發脾氣。我以為這是我過慣江湖生活的關係。我還以為紫裳從小在鄉下長大，總可以在鄉下安安靜靜生根了。可是還是辦不到。這好像是命運註定，但實在也是我們天生的性格，也許是我的遺傳。紫裳是註定要走現在的路，小鳳凰也是註定要在這條路上走下去的。」

「這只是你自己的成見。我相信小鳳凰去上海正是一個最好轉彎的機會。」我說了這句話以後，馬上想到我是有我所受教育的偏見的。我還在以為給子女讀書總是一個正當的出路。

「這不是成見，這是我們的性格。老實說，小鳳凰也並不想放棄她的玩意兒去讀書的。」

「你同她談過？」

「我昨天夜裡同她談過。」她低下頭說，「頂重要的，她不想靠她姐姐。更不願意我去靠她姐姐。」她忽然抬起頭來，臉上露出了一種帶著自尊的笑容，望著我。

我沒有馬上說話，沉思了一會，點上一支煙說：

「我知道了。這是你自己，你不想靠一個你沒有盡責教養的女兒就是。」我又說，「既然你們都已經決定了，我勸你也沒有用。」

「那麼你是不是願意幫我們忙呢？」野鳳凰像已經說服了我似的，她忽然轉了一個話題。

「我能夠幫什麼忙呢？」

「李白飛已經同我們接洽好上海的蓮香閣。我們有兩個月的合約。」她說，「這以後，我希望小鳳凰也可以去演電影。」

我忽然笑了出來，我覺得她是在妒忌紫裳了。我說：

「你是看了紫裳的電影想起來的？」

「這一直是小鳳凰的志願。她喜歡電影，一直覺得她比別人會演戲。昨天她看紫裳的戲，不是也不很看得起她麼？」

「可是我實在不知道可以幫你什麼忙，我也並不認識電影公司的什麼人。」我說。

「但是你認識舵伯。我一到上海並不想先去看紫裳。我想你一到上海也沒有什麼事，我要你做我們的經理人。」

人的心理真是複雜而曲折。在長長的談話中，始終沒有觸到我自己的利害，這一點開始使我考慮到自己了。我憑空回上海，沒有錢，沒有事，實在無法同許多人見面。如今我可以帶一個班子，對於我當然是好的。而且我所帶領的是紫裳母親的班子。

情人的心理是很奇怪的心理，人類的愛情並不是神的愛情，人類的愛情包括虛榮、妒忌、自大與報復。如果我一個人流浪多年一無所成地回到上海，我有什麼面目去面對紫裳？如今我有一個班子，帶著紫裳的母親與妹妹在上海出現，這情形就完全不同了。人真是自私的動物，就是從那時候起，我不但放棄與野鳳凰所爭執的成見，而且當時我反而怕她的計畫無法實現了。

就是從那時候起，我正式參加野鳳凰的策劃。

我不知道李白飛幫了她多少忙，我不知道她同李白飛有什麼關係，我也不知道她的錢是李白飛資助她的還是幫她做黑生意賺的。總之，野鳳凰負起了這個經濟的責任。旅費及一部分的錢雖是由上海蓮香閣來的。但許多其他的準備還需要不少錢。

在初步計畫中，我只是參加節目上的意見。陸夢標約了相聲、八角鼓、蓮花大鼓一類的人才。其中取捨訂約都費了很大的周折。

就在我們緊張地籌備的時候，門庭突然熱鬧起來，有許多想參加去上海的來鑽門路，有許多本來看不起野鳳凰的朋友也來走動。

野鳳凰已經戒絕了煙，人也胖了一些，一天到晚忙這個那個，精神反倒一天一天煥發，我發現她真是年輕了許多。

這時候，還有一個奇怪的插曲，那就是那個放印子錢的回峰集的老闆娘也常常來看野鳳凰了，她的態度已經從傲慢無禮的討債婆變成諂諛恭維的門客。

頭兩次每到她來的時候我必須躲避，後來野鳳凰為我計畫，說我是從上海來接她們的人。當時我已經換上了新的西裝，分梳了頭髮。反正不與她多談話，也不管她是否認出，我就再不避她了。

臨行的前些天，有不少的人餞行，回峰集的老闆娘也請野鳳凰母女陸夢標同我吃飯，但是我托故沒有去參加。

在這一段忙碌緊張興奮的生活中，我在回憶時，有一點是我所不解的：我再沒有從小鳳凰的嘴唇想到阿清，我也沒有從小鳳凰的手想到紫裳。我的財產已多了一千塊錢，但是我沒有再匯給阿清，我是像已經忘去她一樣了。

這大概因為我們正在創造，我們——野鳳凰、陸夢標與我——並沒有經過商量或討論，可是很自然地都在創造小鳳凰。陸夢標專心在技藝上給她指點，我與野鳳凰則在心理上給她一種準備，在談吐舉止風度處世接物上，小鳳凰必須有一種訓練。

人的生活原是整套的，在某一個環境之中，除了他的事業的技藝以外，就隨帶著有一套生活的方式與傳統。往往對事業的技藝很有天才的人，因為對於這隨帶而來的一套生活方式與傳統無法適應，而限制了他的成功。也往往有特殊的會適應生活方式與傳統的人，即使並無特殊的技藝，而可以有名符於實的成功。這在靠觀眾或群眾而生活的人尤其明顯。紫裳的成功似乎就在她對於生活的方式與傳統有特殊體會適應的能力。她是沒有經人點化而自己創發的。現在對於小鳳凰，我們似乎都預先在注意這些了。

這樣我們足足忙了兩個月，動身時已經是五月初。野鳳凰把房子的一切交給李白飛。她也帶走了胡嬤和翠妹。連她們兩個，我記得全部人員有二十四個人。

四十八

我沒有通知任何一個人，我知道通知任何一個朋友都會使許多人知道。當我離開上海的時候，我大有不得志不回去的壯志，可是如今我竟一無所成，我有什麼面目去通知這些朋友？而且事實上，野鳳凰也不願預先讓紫裳曉得，她似乎決心要有一點成功與建業以後，再去重會她已失的女兒。

在野鳳凰的家裡，後來她整天同李白飛在一起，我們很少傾談，如今在旅途中，大家的心裡瞻望前程，自然有很多機會，讓我們交換夢想。我們的友誼已經可以使我們無話不談，因此我慢慢瞭解，她對紫裳的某種心理正如我對舵伯的心理，她之不想依靠紫裳，正如我之不想依靠舵伯。她想在有點成功後去會紫裳，正如我想有點成就後去會舵伯一樣。

可是，野鳳凰對於我的心理並不能瞭解，她的成功與夢想，似乎都寄託在舵伯對於小鳳凰的提攜，而她是希望通過我去接近舵伯的。我雖然一再申說我不想依賴舵伯去尋覓我的出路，可是她竟覺得，只要我為她介紹認識，正像我介紹李白飛一樣，她就可以自己影響舵伯了。

如今野鳳凰很相信我一直愛著紫棠，還覺得我這次到上海，只有在她與紫裳團聚後，才可以使我重獲紫裳的愛；我倒覺得紫裳的愛我並不是問題，問題是我沒有面目再去見她，當初我沒有照她的意思出國去謀一個前途，如今回來了還是沒有錢，沒有事業，也沒有任何的成就。

那麼情形同以前有什麼兩樣？倘若沒有野鳳凰這個團體，我除了依賴舵伯外，我的結局恐怕就會同穆鬍子一樣的。野鳳凰的團體使我可以有面目去重會紫裳，也只有依靠我同她的友誼，我才有接近紫裳的地位，否則我就是有一點積蓄，到上海來有什麼用呢？

懷著這些複雜的情緒，在各種夢想與計畫中想像結果，我時而興奮，時而憂鬱，我的心境非常不安與紊亂。可是野鳳凰則一直非常樂觀，她對這次的振作很有自信。每當我不安的時候，她總是給我一種支持與鼓勵。我們的性格不同，對於許多事情的看法不同，但竟有一個共同的目標。

各抱著自己的夢想，我們同和暖的春天一同到了上海。

上海依舊是擁擠的高樓與擁擠的人群。面對著這個龐大混亂的都市，我突然感到一種說不出的自卑。這個都市裡沒有我已經很久，但是它並不因我的不在而有所變化。一瞬間，一切我所想所夢的似乎都落了空，這正如我們預備許多話要同一個久別的故舊傾訴，一見面才發現沒有一句話是用得著的一樣。

願可以瞭解我一點的人，會原諒我的懦怯。但我竟比懦怯還可恥。當我站在甲板上望著快靠近的碼頭，我久久已遺忘的阿清，這時候竟在我心裡浮起，她站在村落間向我揮手的情形一時竟是這樣的清楚。我為什麼不能帶我一點積蓄回到她的身邊，而要重新漂泊到這個如此輕視我而不需要我的都市呢？

凝望著碼頭上的人群，我發現那裡沒有一個人是需要我的，我頓然想到阿清同她的父母是多麼需要我這個壯健的身軀與應該忠誠的心靈呢？

「野壯子！」

一回頭我見到了小鳳凰站在走廊口對我招手，她又說：

「你在這裡，母親在找你呢。」

我跟著小鳳凰婀娜的輕盈的身軀過去，阿清的影子又消失了。

來接我們的有李白飛的朋友同蓮香閣主人佟千鈞，他們已為我們在春明飯店定了房間。他們把我們送到那裡就走了，約定晚上來接我們一起吃飯。

春明飯店是一家二三流的旅館，主人是佟千鈞的親戚，所以招呼我們很好。我們的房間共有兩間小房，兩間大房。照野鳳凰的意思，要我同陸夢標占一間小房，我覺得不必。所以把兩間小房給女的，兩間大房給男的。女的除野鳳凰母女、胡嬤、翠妹以外，還有一個唱蓮花大鼓的喬堯花同她的姨媽。野鳳凰母女占一間，其餘四個女的占一間。我們十幾個男的因此就擠在兩間大房間裡。我很想先看看大夏、大冬，倘若他們的房子還大，想同他們商量，讓一間房給野鳳凰母女去住。但這只是我偶爾想到，並沒有同野鳳凰談起。

當我們安頓好一切，沐浴換衣以後，野鳳凰要我陪她到百貨公司去走走，她看我的衣服太不夠上海的水準，順便陪我去買兩套衣服，我還購置些襯衫一類東西，又買了一個手提的皮箱。她也買了不少東西，我們叫公司把這些東西送到旅館去，以後我們在咖啡店坐了一會。

這時候，野鳳凰忽然要我為她另取一個名字，她說她不喜歡再以野鳳凰這個名字在社會上露面。我覺得大家都知道小鳳凰的母親是野鳳凰，改名字恐怕很難，在宣傳上廣告上恐怕不方便，可是她很固執，最後我還是為她取了曇芳的名字，她對於採用紫裳的姓氏與小鳳凰的姓氏似乎也很有考慮，可是我在這點上竟沒有意見可以給她。結果她採用小鳳凰的姓，因此就叫做劉曇芳。可是後來在宣傳上，我們仍不能不說明野鳳凰是劉曇芳以前的藝名。因為事實上，當夜我們到蓮香閣去，四周早已貼出預告，而佟千鈞還給我們看報上的文章，他在我們到上海以前已經在宣傳了。

我們同佟千鈞商量了許多關於上演的問題。照預告我們於第三天晚上就要上演的，可是我與野鳳凰都覺得太匆促。後來我知道野鳳凰有一個意念，希望小鳳凰上臺的第一天，可以有舵伯來捧場。我則有另外一種想法，我想從側面讓紫裳知道我同她母親在一起，而小鳳凰是她的妹妹，看她是不是會來看她登場。我們的夢想不同，但是意見一致，最後終於說服了佟千鈞，第三天晚上先由全體演員登場，而小鳳凰則定晚一星期出臺。

我曾經翻閱佟千鈞給我看的一些報上的宣傳文字，裡面都用了小鳳凰的母親是野鳳凰的材料，但始終沒有利用紫裳的名聲。我知道他們也許都不知道紫裳是野鳳凰的女兒，也是小鳳凰的姐姐，但是李白飛應當是知道的，在他與上海接洽蓮香閣的時候，理應會提到這一點的。可是後來我知道這是野鳳凰阻止李白飛這樣做的。

從蓮香閣回到春明飯店後，野鳳凰開始要我積極進行為她介紹舵伯的事情。我則談到宣傳方面應當儘量利用她是紫裳的母親，她極力反對。我用整夜的時間說服她這一點，她還是不願意，我說：

「只有用這個方法宣傳，小鳳凰才能吸引所有紫裳的好友與觀眾，也才能吸引舵伯。到那時候你自然很自然地會見到舵伯了。」

「可是我不希望借紫裳的關係去認識他。也不要借小鳳凰的關係去接近他。」她說，「我要的是我想離開了一切關係單獨地同他見面談談。」

我不知道野鳳凰為什麼一定要這樣。我可以去看舵伯，要他訂一個時間帶野鳳凰去看他。可是我竟覺得這樣去看舵伯反而像是要求他什麼一樣。為什麼不能先從宣傳上取到效果後再會面，顯得我們自己打出來的路呢？在宣傳上講，我們並不需要在廣告上寫出小鳳凰是紫裳的妹妹，只要在宣傳文字上作這個事實的透露就是。我還不希望在小鳳凰走紅以前，先有衣情一些人參加，好像小鳳凰的走紅也是她們的力量一樣，我於是把我所顧慮的都告訴了野鳳凰。我又說：

「現在舵伯的環境不同，有許多人包圍他。你去見他，大家沒有不知道的。我們自己到這裡來闖天下，到那時大家來包圍又好像完全是靠他們了。所以我覺得你同他單獨見面同宣傳是兩件事情，一面我儘管設法去約舵伯，一面不妨發動宣傳，好在這宣傳不用我們出面，當新聞界都知道你是紫裳的親母親的時候，他們都樂於報導這個事實的。」

「可是，如果有人要打擊我們，或者利用紫裳說出我過去遺棄她，使她流落成為乞丐，這對我多麼不好，我以後再無法說明我當時對紫裳前途的想法了。」

野鳳凰的話使我沉默許久，因為我實在無法保險不會有這樣的事情發生，最後我答應她盡我的能力先去促使她與舵伯見面，但是說要找機會，不知是不是可以在小鳳凰登臺前辦到。

野鳳凰見我允許了照她所想的去做以後，她開始寬心一點，最後她忽然說：

「你大概不知道我與舵伯的關係。」

「你不是告訴我你不認識他麼？」我詫異地問。

「我不能說認識他，但是，他愛過我。」

「這怎麼講？」

「這是很久以前的事情了。」她閉了一下眼睛，忽然露出神祕的笑容說，「好，我告訴你也沒有什麼。」

「到底怎麼回事？」我說。

「你真想知道？」她望著我說，「我從來沒有告訴過別人。」

「那我一定也不會去告訴別人的，你放心。」

「你知道他年輕時候是幹什麼的麼？」

「誰？」

「舵堂。」她說，「他那時就叫舵堂，是有名的海盜。」

「海盜？」

「但是我那時候也不知道他是海盜。那時候我才十六歲。我們是很窮的漁民，我們一家都住在船上，他大概幫助過我父親，所以同我父親有來往。以後常常到我們船上來，每次都送我們許多東西。我一直叫他舵叔，他很喜歡我，有一天，他帶我到市集去，回來的時候，他問我肯不肯嫁給他。我那時候才十六歲，自然還不很懂，我沒有理他。晚上，我媽媽就同我說，說我父親年紀已經老了，對我很不放心，倘若我肯嫁給小舵，也算了卻一個心事。我當時就說，一切聽媽媽做主。過了兩天，他就送了我們一些聘禮，還請我們去吃一餐飯。不知怎麼，當時我心裡就當他是我的男人了。我對他反而害羞起來。」野鳳凰說到這裡忽然歇了一會，我就問她：

「那時候，你有沒有愛他？」

「我也不懂得什麼是愛，但是我喜歡他。你知道我父親一直很窮苦，難得有說有笑，但每次舵叔來，我父親就高興起來，我記得舵叔那時候不過三十歲左右，總是精神飽滿，會唱會笑的，他一來我們家裡就熱鬧起來。所以媽也很喜歡他。」

「以後怎麼樣？」

「有一天晚上，在我們船上，」她又閉了一下眼睛，像在追憶過去似的又說：「我的爸爸媽媽都上岸去了，他同我兩個人在一起，他忽然走過來拉著我的手說：『我明天要出海了，我想再做一次生意回來娶你。』我當時不懂得他做什麼生意，但是我知道他一走往往是兩個月三個月才回來。所以我說：『是不是要三個月？』他說：『不一定，也許半年也說不一定。不過你千萬放心，我一回來就來娶你。』」

「這樣，第二天他就不見了。我真是常常很想念他。」她說到這裡，點起一支香煙歇了一會。

「後來怎麼樣呢？」我急於想知道地問。

「他走了兩個月零二十天，我們出海去，遇到風浪，船翻了，我的父母都死了，我被人家救出來。

「救活我命的恰巧是一支賣藝的船，我也就走上了賣藝的路，搭這個班，換那個班。最後我就在何老的班子裡，遇見了何棍。」

「以後，你一直沒有碰見舵伯？」我問。

「起初，我自然還想打聽他，希望他會找到我，後來我也慢慢地把他忘了。」

「可是他不是何老的老朋友麼？」

「何老的朋友很多，但都沒有來班子找他的。我怎麼會想得到呢？一直到我同何棍結婚的那一天，何老忽然帶了幾個朋友來吃喜酒。其中一個就是舵叔，雖是隔了許多年，我還是認得他的。我當時吃了一驚，但不知怎麼，我竟不想認他。自然他也早就變了，我那天又是新娘，打扮不同。客人很多，我想他是不會認得我的。」

「那麼以後就沒有再碰見他過？」我問。

「沒有。」她說，「但是第二天，何老忽然給我們一對玉鐲。他說是昨天一位來吃喜酒的朋友，因為臨時沒有帶禮物，所以把那對玉鐲給我們新夫婦。我當時心裡一動，想到這一定是舵叔認出我是誰了。但是我什麼都沒有說。」

「以後你再沒有見他？」

「沒有。我已經結婚，我也不想再打聽他。」她說，「這一對玉鐲，何棍死後，一只我留給了紫裳，一只我帶去了。紫裳那只，我想就是何老臨死時托你帶給舵伯的一只。」

野鳳凰的故事真是把我迷惑了。當時我忽然想到了他們當鋪裡贖出來的首飾裡那只玉鐲。怪不得同給舵伯的一只很相像，想不到這裡面竟有這樣的一個故事。我沉思了一會，覺得她何不把那個玉鐲交我，讓我交給舵伯。我說：

「你為什麼不早告訴我這些？你們有這許多過去，那就完全是另外一回事。那麼，我想你還是把那只玉鐲給我，我去交給他去，看他會不會想起過去的種種。」

「他不會忘記的，這是他第一次愛情，也是我第一次愛情。我一生不會忘記，他也不會忘記的。」

關於舵伯戀愛的經過，他從來沒有對我說過。經野鳳凰一說，我恍然悟到為什麼舵伯一直不談男女問題的原因了。

野鳳凰這時候忽然站起，她從衣櫃裡拿出一只皮箱，放在床上開始打開來。她從裡面拿出那只玉鐲，在手裡把玩著說：

「也好，你去交他，說我很想見他。他如果不來看我，我去看他。」她說著把玉鐲交給我，我拿在手裡，現在真覺得同以前何老交我的一只真沒有什麼不同了。

「你最好告訴他，」野鳳凰點起一支煙，踱了兩步，又說，「我身體很不好，這次只是跟著小鳳凰的班子來上海，等小鳳凰上演了就要走的。」

「我想這樣說很好。我現在既然知道你們的過去，我想我一定可以設法叫他來看你，或者叫他約一個地方單獨同你談談的。」

在我們談話的時候，團體裡許多人都去逛街了，小鳳凰同他們在一起，這時他們已經回來，外面很熱鬧，我就收起那只玉鐲走了出來。

走廊裡的鐘已近三時。

四十九

睡在床上，我開始想到去看舵伯的事情。這些年來，我不知他有什麼變化，衣情又怎麼樣了？還有映弓的孩子藝中，應該已經有五六歲了。

我也想到老江湖與小江湖。黃文娟該已出獄，是不是已與小江湖結合？他們可是仍都在上海？還有韓濤壽，他難道一直在燕子窩裡過日子？

在我顛簸不安的生活中，我已經久久不想到這些朋友。當我收到大夏、大冬的信時，我曾經一度想起這些人，怪大夏、大冬沒有告訴我一點他們的消息，可是我也沒有再寫信去問。我想大夏、大冬應當知道他們的下落的。我決定第二天先去看大夏、大冬，我想老耿現在一定很舒服地做老太爺了。我在去看舵伯以前，也應當先知道他一些情形，也許大夏、大冬不會知道，但我可以由他們那裡打聽韓濤壽，韓濤壽同衣情比較接近，他總可以告訴我一些外人不知道的情形的。

我這樣想著，才慢慢睡去，第二天我十點鐘醒來，盥洗後，小鳳凰就來叫我，說她母親在等我。

野鳳凰正要出門，她問我什麼旅館較大，倘若舵伯來看她，她必須一個人搬到一個大一點的旅館去。從她的談話中，我發現她對於舵伯來看她比昨天更有信心。舵伯一定會來看她的。

我想在團體上演後，我總可以看到舵伯。所以就鼓勵她等上演前搬到國泰飯店去，當時我就同她出來，到國泰飯店定一個房間，預備三天後搬去。

以後，我就一個人去看大夏、大冬。

大夏、大冬住在學規路，我按他們寫給我的地址去找，一點沒有困難。

開門的是一個女傭，她告訴我兩兄弟昨夜拍戲，所以還沒有起來，我就問他們的父親。於是老耿就出來了，他見了我非常高興，一手就拉我到裡面。

這是一幢三層樓的弄堂房子，客廳佈置得很像樣，我看得出他們生活還不錯，我想老耿真是幸運，找到了兒子，現成來做老太爺。

他的樣子並沒有什麼改變，但是反瘦了一些，他穿了一套綢的襖褲，很整齊。他先問我幾時到的，怎麼不先通知他們。我看看他的神色，問他身體好否，是不是很快樂。

現在我真不知道該怎麼樣解釋人生。一個家庭的情形正如一個人的心理一樣，我們無從知道裡面的錯綜，像老耿這樣的找到兒子，現成做老太爺，還有什麼問題呢？但是出我意外的，老耿一點沒有感謝我使他們父子團聚，他一開口就說他兒子不孝，甚至說他還情願回到C城通成旅館去做夥計。他說時不斷地發些牢騷，可是等我要知道一些事實的時候，他可一點說不出來。他只說他們只是自己管自己，一時出去，一時回來，一時同許多朋友又進又出，從來不管他。有時候幾天見不到他們，不同他說一句話。我當時就勸慰他，說這也不全是他兒子們的錯，他自己也該有自己的生活。老耿於是又說他到外面去打牌，他兒子也不肯多給他錢。我當時就想到他問我要錢的情形，同時也關照我不要給他錢的話，我就提起他當時為要錢同我吵架的事情，我說：

「你也應當想想，他們賺錢也不容易；你有正當用途，他們不給你是他們不對，但是賭錢，這就不能怪他們了。」

「可是他們自己花錢並不省，對我就特別苛刻，畢竟我是他們的父親。」老耿怒氣沖沖地說。

「你是他們的父親，你養過他們麼？你管過他們麼？」我說，「當初你問我要錢時候的脾氣我是知道的，老耿，我覺得這是你不對。」

「我不對？你還幫他們。你是我的朋友，不給我錢，我沒有話說，但是他們是我的兒子。」他盛氣地大聲地說。

「你對我還幫過忙，我的事情還是你介紹的。」我說，「你對他們做過什麼？他們自己奮鬥出來，現在現成讓你來住來吃，還怎麼樣。老耿，我是你的好朋友，不要怪我說公道話我覺得你口口聲聲像煞有介事擺父親的架子是不對的。」

「你還幫他們說我！幫他們說我！」老耿被我盛氣所挫，一時他忽然放低聲音，自言自語地說。

「我還沒有見過他們，他們也沒有同我談你什麼。我既然是你們的朋友，我總希望你們和和睦睦的。」我說，「他們雖是你的兒子，但是現在都大了，你應該像朋友一樣看待他們，那就可以處得好了。」

就在我對老耿說這些話的時候，大夏、大冬從樓上下來了。他們一見我竟像小孩子似的叫起來了：

「野壯子，啊，野壯子，你什麼時候來的？」

大夏穿一件灰色的晨衣，大冬穿一件淺黃色的毛線衣，兩個人都長得很高，很結實，已經是很漂亮的青年了。

沒有看到他們，我還覺得我同以前一樣，看到他們，我忽然感到我已經不是青年了。我迎上去同他們握手，他們挽著我的手到桌子邊，大冬叫傭人開早餐，大夏問我怎麼不早通知他們，好讓他們來接我。

就在那時候，我發現老耿已經不在。我說：

「你爸爸呢？」

「不要管他，他大概出去了，」大夏說，「你住在什麼地方，搬這裡來住怎麼樣？」

「我的事情，一言難盡。」我說，「先談談你的吧。怎麼你爸爸來了，他並不快樂？」

「也是一言難盡，你來了，我希望你可以為我們勸勸他。」

這時候，傭人已拿了早餐進來，在餐桌上，大夏與大冬都同我談他父親的事情。

他們告訴我他父親來的時候很好，很少出去，自管自的，給他的錢總是不肯花。慢慢地他知道了一些大夏、大冬的事情，就開始管他們的閒事。有時有朋友來，他就在旁邊多嘴，破壞他們的氣氛。後來知道別人討厭他，他就獨自出去。再後來，他就常出去賭錢，每月規他錢，總是不夠用。還同傭人擺架子，他們為他已經換了四個傭人。這還不說，他還想結婚，要兒子替他找對象。吃飯也是，因為生活時間不同，大家不能在一塊吃飯，他就說傭人們不給他好的吃，罵傭人。……總之，這些情形都是日常瑣事，時時碰到，他們實在不知怎麼辦才好。最後大夏、大冬又說：

「如果有人同他結婚，搬出去住，我們每月規他一定的錢，這樣倒比較好。」

當他們細細碎碎同我談這些事情時候，我心裡覺得有說不出的內疚。我覺得使他們父子相聚的是我，如果這只是使他們兩方面都痛苦，那麼豈不是還是不認識不重聚好麼？老耿也不是沒有吃過苦見過世面的人，怎麼這樣不通情理？一個人也許永遠有許多障蔽，處在現成的環境中對自己就會越來越糊塗。

朋友的關係可以合，可以分，夫妻的關係就比較不容易說分就分，父子姊妹的關係，那就怎麼也難完全分開了。常常會有一種合又不是，分又不能的困難。一時間，我感到使他們父子重聚的多事了，我馬上想到野鳳凰。是不是使她與紫裳母女重聚也是多事呢？

整個吃飯的時間都是談他們的家務，飯後大夏、大冬有應酬，結果我要同他們談的反而一句話都沒有說。

他們邀我到他們家來住，我說我要參觀他們的房子。飯後我伴他們到樓上。他們就忙於換衣服，我就隨便地看看，一面同他們談話。

這是普通三層樓的弄堂房子，二層樓是大夏的房間，三層樓是大冬的房間。房間是代表一個人個性與生活的。大夏的房中牆上掛著一些西洋電影明星照相，還有幾件中國的樂器。旁邊有一只無線電，一只小小書架。書架旁是一個書桌，桌上放著許多流行的刊物，一本字典與一本英文教科書。我說：

「你在學英文？」

「是的，大冬在學日文。」

「真是，那真不錯，你們還肯用功。」

我當時就看他的書架上的書，裡面除了一些話劇的劇本外，有幾本翻譯的小說，還有幾本是屬於馬克思主義一派的關於思想與藝術的譯著。

我又走到三樓，大冬在浴間裡叫我隨便坐，一面說：

「你如果來住，我可以搬到我哥哥的房間去，把這間房子讓給你。」

「你爸爸呢？」

「他住在亭子間裡。」他說。

我一面走進他的房間。房間內家具的顏色同大夏的不同，但是所有的佈置，則幾乎是一樣的。連書桌上書架上的書刊都差不多，除了多一兩本日文的書刊雜誌。書桌上有他的日文教科書，日華字典，還有幾本練習簿。這時大冬從浴室出來了，我說：

「你的日文，學得很好了？」

「簡單的書，可以看看。我還跟一個日木先生在學。」

「這真不錯，我很高興看到你們都求上進。」

大夏這時候已經打扮好，他走上來。他穿一件方格的上衣，黃灰的褲子，真是一個很漂亮的小生。他說：

「怎麼樣，你搬來麼？這間房間給你住。」

「慢慢再說好麼？」我說，「我有許多事情要同你談，你們今天什麼時候回來？」

「今天沒有戲，不過晚上，晚上我們要開會。」

「大概幾點鐘完？」

「總要到十點鐘。」

「那麼我今天晚上回到你們這裡來，我們談一晚。」

「好極了。你要早的話，就隨便先睡一覺也好。」大夏說。

「我會帶點點心回來的。」大冬一面穿衣服，一面說。

「那麼你現在哪去？」大夏說。

「隨便蹓蹓。」我說。

「你有沒有看到紫裳？」

「沒有，」我說，「我還不想馬上看見她，你們碰見熟人，最好不要談起我又來上海了。」

「剛才只談我們的家務，沒有聽你談什麼。爸爸到底現在哪裡？——啊，我是說穆鬍子。」

大夏叫穆鬍子一直叫爸爸，現在知道我會弄不清楚，所以加了一句。

「他很好，我們慢慢再談。現在我們走吧。」

我們下樓的時候，老耿正在客廳沙發上抽煙。大冬說：

「爸，我們走啦，晚上野壯子也回來住在我們這裡。」

老耿沒有理睬他，當時我說：

「你們有事先走吧。我同你爸爸談一會。」

「也好。」大夏說。

我送他們兄弟兩個人到了門口，一直望他們遠去。在這一對兄弟的後面，我看到他們愉快的積極的青春，他們正踏著錦繡的前程，似乎還不知地上的陷阱與荊棘。對著他們漂亮的壯健的背影，我有一種說不出的感慨。

我猛然悟到我的青春已經輕輕地消逝了。回到客廳裡，一眼看到在喝濃茶的老耿，我發現他雖是比在通成旅館時打扮得整齊一點，但也老了不少。不知怎麼，一下子我看到了他內心的寂寞，我心裡浮起了一種同情。是這份同情，使我馬上瞭解了他的痛苦。他之所以想他兒子，想重會他的兒子，絕不是為生活，也不是為想來這個繁華的都市。他所要的是一個家庭的溫暖，一種骨肉的溫存，但是現在他住在這裡，等於作客，一天到晚也見不到他的兒子，連吃飯都很少在一起。而這個社會裡並沒有他的朋友，倒不如在通成旅館，他至少有他自己的世界，有像李白飛像我一樣的朋友們。

老耿這時靠在沙發上，閉著眼睛，眼角下兩道皺紋一直連到鼻葉邊的皺紋，鼻葉邊的皺紋，又一直連到嘴角的皺紋，他似乎並不覺得我在他旁邊，沒有說話。我拿出紙煙，遞了一支給他，借此碰了碰他的手臂，我說：

「老耿，怎麼了，你不舒服麼？」

「啊，你怎麼不同他們一起走？」他突然張開眼睛說。

「你對我剛才的話生氣了？」

「生氣，我這樣容易生氣，還不早氣死了。」他接過紙煙。我為他點上了火，說：

「我剛才的話，也不是說你什麼，只是希望你在這裡可以享享福。」

「我不要享福。」他嘴角忽然掛起了一絲笑容，看我一眼說，「我只想自己的兒子把我當一個人。現在他們把我當作死了的祖宗一樣，誰也不理我，什麼事情也不同我商量，我活在這裡幹嗎？」

「但是，老耿，你知道，他們的事情，我們都外行。他們也大了，我們何必再去管他們的閒事。」

「誰要管他們的閒事，」老耿說，「我所以要獨自出去賭錢。可是他們又要管我。我雖然窮，一輩子誰也沒有管過我老子花錢，他們倒管我起來。」

「但是你在問他們要錢啊？」

「我不稀罕他們的錢，所以我想回去。在通成旅館，那面誰都當我是老大哥，誰有什麼事都同我商量，就以李白飛說吧，多少大事也同我商量。別的不說，我老耿總比他們多看過一些人，誰好誰壞，我一眼看過去都不會太差，但是這裡他們不相信我。我說小劉這傢伙就不是好東西，他們不相信，借錢給他，五十一百的從來沒有來還過，他們倒一點沒有什麼，自己父親花一點錢，就這樣那樣的逢人便說。……」老耿說到這裡，好像怕我在討厭他的囉嗦似的，他歎了一口氣，喝了兩口茶，又靠倒在沙發上，像是不想同我談了。我從他的話中，開始發現除了我所想到的以外，他所不能忍受的是他的自尊心之被損。一個人被人當作完全是寄生的時候，他就會感到自己在被侮辱的。他並不是廢物，他在別個社會中可能被人所重視，可是在兒子的身邊，竟毫無發揮他長處的餘地，這大概正是他的悲劇，我當時不知說什麼好。靜默了好一回，我才想到我應當表示一點意見。我說：

「老耿，這樣下去我想總不是辦法，你是不是想幹點什麼，譬如我們大家湊一點錢，做點小生意。或者，你去找點事做。」

「是啊！」老耿忽然又興奮起來，說，「這正是我的意思，可是他們以為我已經老悖，不能做什麼事。只希望我現成的在這裡等死。老實說，我什麼事情不能做？我不過腿有點壞，可是我還是走得動，拿得動……」

「如果你真的這麼想，」我打斷了他的話，說，「我就去想辦法。」

「可是他們說我去做什麼事，好像會丟他們的臉似的。其實我去做事，管他們什麼事，他們也沒有把我當作父親。」

「老耿，你聽我說，他們也有他們的想法，他們以為你去做事，辛辛苦苦，賺的錢也不會多，何必不現成吃口飯，也是一種孝心。不當你父親，就養你了？不過現在的父親不比從前的父親，你也不必這樣想。我們得慢慢想個辦法。」

「你真的替我想辦法？」

「你放心。」

「我只想有口飯吃，搬出這裡。」

「他們說你還想討個老婆，你真有這個意思麼？」

「我，我想再養個孩子，這兩個孩子不當我是父親，我要養兩個孝順的孩子。」

「老耿，不瞞你說，孩子像他們這樣，也算不錯了。你再養孩子，等他們大了，你就要九十歲，你難道打算活一百歲？」

這句話，竟使老耿自己也失笑了，這是我回上海來第一次看見他的笑容。當時我就站起來說：

「你跟我出去走走，好不好？下午我也不打算做什麼。晚上我還要同大夏、大冬商量些事情。」

「你看，」老耿忽然又說，「你來了，他們都不陪你，自己又同女朋友去鬼混……」

「不要說了，他們有他們的事，」我說，「就是同女朋友鬼混，還是因為他們年輕，我們年輕時也還不是一樣？是不？」

老耿果然又笑起來，他說：

「你？你同我比？你說這話，哈哈，好像你真是同我一樣老了。」

五十

我同老耿從大夏、大冬的房子出來，心中有說不出的感慨。他們父子的團聚，可以說是我一手所造成，但是他們都不快樂。在我這次拜訪的短短時間中，我的想法就有了四種變化。我來的時候以為他們一定是非常快樂的，等到老耿同我訴苦以後，我知道他並不快樂。但是我一心以為是他不好，是他不會做人，愛找麻煩，等到大夏、大冬走了以後，我突然看到老耿痛苦的原因。如今，當我同他一起出門的時候，我瞭解老耿的真正的感覺。這是一個悲劇，是時代的悲劇。當上一代還覺得自己是重要的角色時，下一代已經認為只配在家裡過安靜的日子了。老年人之愛弄權勢，大概也就是為維持這點點的尊嚴。人類的歷史也正是在這種衝突中進行的。

老耿有了笑容以後，似乎他已找到了自己的世界。他一變剛才消沉的態度，一時恢復了在通成旅館時的面目。

我叫了一輛車子，同老耿一直到了春明旅館。我並沒有任何的用意，只是隨便讓他換換環境，看看我們的生活而已。沒有想到人生竟隨時有我們想不到的際遇。

陸夢標正在拉胡琴，為一個同伴吊嗓子。一見我們進去，他愣了一下，我正要為他們介紹，老耿忽然嚷了出來：

「夢標！你不是夢標麼？」

陸夢標馬上放下胡琴，他說：

「老耿，你是老耿，你怎麼會來的？」

「你們認識？」我詫異地問。

「我們是老朋友了。」夢標說，「老耿，你的打扮，我不敢認你了，怎麼，發了財了？」

「發財！哼哼。」老耿走近夢標，拍了他一下。

「他是老太爺了，他的兒子在這裡發財。」我說。

「真的，老耿？」

「你聽他的。」

「請坐，請坐。」夢標讓老耿坐下，倒了一杯茶給老耿，於是說：「怎麼，你是幾時來上海的。」

「你們談談，我去看看野鳳凰。」說著我就離開了他們。我想不到他們也是老朋友，我想老耿以後應當多有一個地方可以走走了。

我到野鳳凰的房間，野鳳凰不在，只有小鳳凰一個人坐在梳粧檯前面在打扮。我說：

「你一個人在家？」

「我上哪裡去呀？」小鳳凰似乎在對誰生氣。

「怎麼，有什麼不高興嗎？」

「我不高興你。」

「我？」
「你們都有地方去，叫我一個人在家裡。也不叫我上場，也不帶我去走走。」
「我們才到了一天，還不是忙你上場的事。」
「你去看我姐姐了麼？」
「沒有。」
「真的沒有？」小鳳凰說，「那麼一上午在幹什麼？」
「我為你師父帶來一個朋友。」
「誰？」
「我想你不會認識的。」
「現在你打算幹嗎？」
「沒有打算。」
「那麼你帶我去玩玩，好麼？」
「真的你想同我出去？」
「我要你陪我去買點東西，還有，你也應當帶我去看看上海，是不？像你以前帶我姐姐一樣。」
「好的，好的，」我說，「那麼你快打扮，我們就出去。」
小鳳凰笑了一下，重新看她鏡子裡的自己。驀地，她鬆一下她的頭髮，她的頭髮直垂到地上，像瀑布一樣地在流動。這使我頓時想到紫裳，紫裳的長髮是在上海剪去的，如今要看小鳳凰能保持多久了。我說：

「我第一次知道你也有這樣美麗的長髮。」

「同我姐姐的一樣，是不？」她諷刺似的笑著，對著鏡子在抹口紅。

「但是她已經剪掉了。」

「我要是剪去，也送給你好不好？」

「為什麼你不說你要保留這美麗的長髮？」

小鳳凰沒再說什麼，她霍然站起，用手掠一下長髮說：

「你出去吧，我換了衣服叫你。」

我出來又到了陸夢標那裡，老耿與夢標正談得熱絡，老耿一見我進去，就說：

「他來了。」

我說：「老耿，你在這裡玩玩，我要陪小鳳凰去買東西。」

「我正要同你商量讓我在這裡幫幫忙，好不好？」老耿說，「我搬到這裡來。」

「你老太爺不做，搬到這裡幹什麼？」

「你不要同我開玩笑，我是真話。」

「你來這裡幹什麼，又不會拉，又不會唱。」

「我同夢標是老朋友啦，也跑過碼頭，我什麼事情不能做？」

「現在我們人手都齊了。」我說，「要說來後臺打雜，一個月也沒有幾個錢。」

「不要講錢，也壯。老子講交情，不講錢。事情，我能做什麼就做什麼；錢，你分我多少就多少。」

「老耿，你先只想找你兒子；找到兒子了，又只想離開你兒子。這算幹麼？我想你儘管來住，要玩儘管來玩。何必做什麼事呢？」

「我也正勸他，他說他要自己打個出路。」陸夢標在旁邊說。

「算了，算了，你兒子知道了也不會答應的。」我說，「慢慢再說吧。」

「啊！你也看我這樣沒有用？」老耿忽然發怒了，他大聲地說，「我也幫過你忙。沒有我把你介紹到李白飛那裡，你就認識野鳳凰了？現在我求你，你倒這樣那樣的！」

「這是什麼話？我並不是不要你來。只是覺得你何苦安安靜靜福不享，要來幹苦活？」

「他願意，就讓他來吧。反正我們大家有粥吃粥，有飯吃飯。」

「隨便你，隨便你。晚上我還到你家去，我們再詳細談談。」

「我的家？我有什麼家？」老耿說，「他們也管不著我的事情。」

這時候，小鳳凰從裡面出來找我，我就說：

「陸師父，你陪陪老耿，我陪她去買點東西。」

陸夢標當時就為老耿介紹說：

「小鳳凰，這位是耿伯伯。」

小鳳凰叫了一聲「耿伯伯」。

「夢標，還是你，你有這樣一個徒弟。上海不就是你的？」

「你自己的兒子，還不是電影明星了。」我說。

「狗屎，」老耿說，「我可看不起這群明星，他們壓根兒就不講究玩藝兒，到我們家進進出出，從來不當我是一個人。」

「我們小鳳凰也許也要做電影明星呢。」我說。

「啊，你要演電影，那還了得。可不要跟他們學。」

我知道小鳳凰叫老耿耿伯伯，這已經可使老耿覺得這裡比在家裡更有人看重他了。當時我沒再說什麼，反正我晚上要去看大夏、大冬，關於老耿參加我們團體，只好留到那時候再談。事實上，老耿既是陸夢標的朋友，他不計較錢，參加我們來打打雜，原也沒有什麼。問題是他只是為想離開大夏、大冬而來，也許目的還想跟這個團體離開上海，這個團體本沒有什麼一定的計畫，離開上海後，老耿還不是一個人要流落在通成旅館一類地方。他已經老了，脾氣也很古怪，不容易同人相處，好容易找到兒子，當然應當消除與大夏、大冬的隔膜，安詳地度他晚年才對，沒有再出來奔波的道理。

「陸師父，」我說，「你們談談，晚上你有空，最好也到耿家去，會會他的兩個少爺，我們一起談談。」

說著，我就伴著小鳳凰出來。

五十一

我同小鳳凰到了外面，馬上使我想到我第一次帶紫裳進入這個大都市的情形，但是兩者的感覺竟很不同。紫裳到上海是為依靠舵伯，原不想一定要成為紅角，可是一時間竟成了明星，在我第一次帶她遊宴之時，如果我有決心，她可能成為我的妻子而放棄演出的。小鳳凰則是必須在下星期出演，她母親還需要舵伯的幫忙，來使她成功。紫裳當時是我的情人，我們彼此知道是相愛的，我同小鳳凰的感情自然是不同了。所以，不知怎麼，我並不能在小鳳凰身上而忘去我其他的生活，我滿心是過去與未來的各種憂慮與打算。

小鳳凰那天穿一件黃色棕條的旗袍，薄施脂粉，使我更注意到她皮膚的白皙與青春的活力，可是她所穿的一雙黑色高跟鞋則頗不合時，我忽然發覺高跟鞋對於她實在反而有損於她的自然的美麗。所以一出門，在我未問她要買些什麼的時候，我先提議我要送她一雙時髦一點的鞋子。

當時我們就到了公司，我先陪她到皮鞋部買了兩雙黃色的平底鞋，一雙半高跟鞋，我叫她換上那雙黃色的平底鞋子。以後她又買了幾件衣料，還買了一些化妝品。錢並不多，我為她付款時她一定不肯，最後我說：

「如果你不肯讓我送你，那麼回家叫你母親再算給我好了。」她才不再爭執。

買了東西出來，正是茶舞時間，我原想帶她到舞廳去坐一會，可是到了門口，小鳳凰被櫥窗所吸引了。櫥窗裡展覽的是男女結婚的禮服，一對木偶正穿著禮服站在牧師面前。我不知道小鳳凰所注意的是正在進行的婚禮，還是新娘的禮服，她一時似乎很想發現櫥窗裡擺設的細節，我自然也陪著站了一會。

「野壯子！」突然有人叫我，我還沒有找到熟識的面孔，一隻手已經拍到我的肩頭。我馬上認出是韓濤壽。我拉著他焦黃纖削的右手說：

「是你？」

「你什麼時候來的？」他問，「怎麼也不找我？」

「我正想找你。」我說。這時候小鳳凰也回過頭來，我說：「我替你們介紹，這是韓濤壽先生，這是小鳳凰，你聽見過麼？」

「怎麼，你們要買結婚禮服？」韓濤壽雖是低聲地說，可是小鳳凰像已經聽見了，她紅了臉。我馬上打岔地說：

「韓先生是琴師，他……」我當時想說出是她姐姐班子裡的琴師，但是怕太突兀，所以接著我就說，「到新雅去坐坐吧。」

「好極了，你有工夫？」韓濤壽說著就幫我分拿我手上的東西。一面說，「你這幾年怎麼樣？」

「說來話長，我們慢慢再談吧。」我說著一面挽著小鳳凰說，「我們去吃點點心，他是我的老朋友，你可以聽到許多上海的事情。」

這時候韓濤壽走在我的前面。我發現他的頭髮真是白了許多。他穿一件古銅色的長袍，一擺一搖的走路還是同以前一樣的清健。我想他大概是正從燕子窩出來的。

在新雅，我們坐了一個多鐘點，但似乎也沒有談什麼。我約略地知道老江湖又組了小班，在小城小鎮裡走江湖；黃文娟同小江湖結了婚，由韓濤壽替他策劃，在閘北開了一家中國樂器的鋪子，已經有了孩子，生活過得很平安；葛衣情還是同以前一樣，舵伯已經正式認她做乾女兒，她一直在服侍舵伯。他還聽說舵伯的事業這些年來並不很好，幸虧電影公司及恒新舞臺賺錢。而電影公司的賺錢，幾乎都是因為紫裳的號召。紫裳真是奇怪的走紅，任何的片子，只要她主演的都賺錢。

小鳳凰不相信似的聽著。我當時就說：

「你知道這是誰麼？」

小鳳凰當時盯我一眼，我說：

「他是我老朋友，不會說出去的。」於是我對韓濤壽說，「她是紫裳的妹妹，但是你千萬不要說出去。」

接著我就把我隨同小鳳凰的班子來上海的事情約略地告訴了韓濤壽，我關照他暫時不要告訴別人。

茶座上的人陸續散了，我們也走了出來。我約韓濤壽於第二天傍晚到春明飯店來看我，我可以同他一同吃飯。

與韓濤壽分手後，我就叫了車子同小鳳凰一同回旅館，路上，小鳳凰責怪我不應該把她是紫裳妹妹的事情告訴別人，我說：

「不告訴他，他也會發現的，他自己發現一定要說出去，告訴了他，他才肯守祕密。而且他是我的朋友。」

「可是你也沒有先徵得我的同意。」

「你還年輕。」我說，「但是你可以記住一個事實，對醉鬼容易守祕密，但不容易共祕密；對煙鬼不容易守祕密，但容易共祕密。──你知道他是一個煙鬼。」

小鳳凰雖沒有再說什麼，但仍是有點不高興。這原因我後來發覺，是她再不願意人家當她是小孩子了。

從韓濤壽那裡知道的一些朋友情形，雖是不詳細，但我可以想到紫裳現在的地位了，她無形之中在支持舵伯的電影公司，而舵伯的電影公司竟支持了舵伯整個的社會地位。而現在野鳳凰則想利用舵伯的社會地位來為小鳳凰發展前途。那麼豈不是直接找紫裳，讓小鳳凰進電影公司來得簡單？可是社會的關係，竟往往就需要繞這些奇怪的圈子。

小鳳凰可能成功。每個人成功都以為是自己的能耐，而不知道都是在依靠別人，甚至是在不想依靠的別人身上，社會複雜的關係不是人可以解釋，勉強可以說明的，只能說是命運的安排了。

到春明飯店，野鳳凰已經回來，正在與裁縫談製衣裳，小鳳凰正好把衣料交給裁縫。野鳳凰覺得小鳳凰買的衣料太樸實，她自己選購的倒反而花色些，所以要同小鳳凰換一二件。小鳳凰接著就說這些錢都是我付的，一定要還我。我說：

「將來送你衣料首飾的人不知有多少，這是你第一次在上海買衣料，就讓我送你吧。以後每當我想起你接受我這些衣料，我都會感到說不出的驕傲的。」

「算了，就讓他送你吧。」野鳳凰說。

小鳳凰瞟我一眼，微笑著說：

「我姐姐初到上海時，也是你送她衣料的嗎？」

「這倒沒有，」我說，「可是她成名時的衣裳，被人家叫做『活觀音』的白袍，倒是我設計的。」

這使我想到了野鳳凰供奉在家裡的那尊觀音像，我說：

「我一直沒有同你談到你那尊觀音像，我想這與紫裳的成功是有神祕的關係的。」

「我早就想到了。」野鳳凰笑了。她說，「我這次也帶來了，將來我想送給紫裳去。」

這時候陸夢標進來，因為晚上他要陪野鳳凰去赴一個飯局。他說老耿已經一個人回家，預備明天就搬來。

陸夢標與野鳳凰走後，我約小鳳凰到霞飛路費蒙達飯店吃飯，費蒙達是一家白俄所開的飯館，佈置得很雅潔，以前有三個樂手在那裡奏幽靜的音樂，不知現在有什麼改變。

小鳳凰換了一件藍花綢子的旗袍，很高興地同我出來。時間還早，我們先在霞飛路上散散步，走過國泰戲院，我順便買了兩張戲票。我計畫看完電影，送小鳳凰回家，再到成都路上去看大夏、大冬，該是最合適的時間。

可是到了費蒙達，在桃紅色的燈光下，在幽靜的音樂中，我忽然發覺面對著小鳳凰有一種說不出安適與愉快，小鳳凰的神態非常安詳。一瞬間我對小鳳凰有更深的認識，她面部的特點也好像清楚起來，她的淡淡的笑渦與淺淺的黑痣以及充滿了青春的無邪的眼光，好像都是我所忽略的，現在重新在我心中起了新鮮的印象。我曾經在她嘴唇上見到阿清的嘴唇，從她那雙手上看到了紫裳的手指，但是在當時，我什麼都沒有聯想，我清清楚楚接觸了整個的小鳳凰，我們曾經有不少時間單獨在一起，可是小鳳凰始終是靠著她母親的一個影子，我似乎從來都沒把她同她母親分離過，可是今天，她在我的面前是一個獨立的人，是一個獨立的成年的人。

就是在這樣的感覺中，我們的談話進入了從來未有的境界。我久久已不想到的一種念頭忽然又從我心上浮起。我覺得她應當接受紫裳的幫忙去讀書，去進學校，重新走一條路，而這也正是紫裳所肯供給的。

我當時還想到何老對紫裳的期望，他不希望她成為紅角，如今該正是紫裳對小鳳凰的期望才對。我還想到紫裳的成功也許是造成紫裳的一種心理錯綜，她鼓勵我出國求學也正是她下意識地對自己失學的一種補償。但是我是已經完了，流落江湖，經過了如許的人生，再無法回到書本裡去，而小鳳凰也許正可以代替我去完成紫裳的一種滿足。

這些感想也許是後來慢慢形成的。但在當時，小鳳凰一種對現實生活之不開心、對特殊的情調氣氛的敏感的個性，使我感到她的不適宜於在上海社會去打天下是很確定的。

小鳳凰初見到繁華的都市，但是她沒有談到這些繁華的現實方面，她談到的是今天所見到的櫥窗的佈置；那迥乎不同於她所習常的音樂——費蒙達仍有三個樂手；那桃紅色燈光下我領帶的色彩，以及那洋火匣上的圖案。在我大學生活中，也曾經同女同學到這種地方消磨疲懶的週末，許多都市裡的小姐往往注意到別人的服飾與價值，對環境注意到富麗與實用，而小鳳凰所注意的則是完全不同的方面。這不知不覺地使我走上探索她靈魂的途徑，這正如一個人在幽美清靜的山景中閒步，被風聲鳥鳴或夕陽所誘，無意識地順著小徑走去一樣。

這些日子來，因為協助野鳳凰這個班子來上海，我對於小鳳凰當初的期望早已湮沒。有一個時期，我曾經很想爭取小鳳凰對於讀書發生興趣，我與陸夢標有一種對立的想法。以後不知怎麼我就放棄了這個意圖。這原因自然是因為野鳳凰組班的種種，可是，在以後，當我靜靜分析之下，我還發現我有一種心理上的錯綜，那就是我那次突然擁吻了小鳳凰的舉動。這大概使我在道德意義上自已感到沒有陸夢標純正了，於是使我下意識地失去了一種情操上的自信。

但那天在費蒙達，我這份自信心突然恢復，我好像是一個已被擊潰的政客，想重新掌握權力一樣，我感到這些時候，隨從著他們去創造小鳳凰成紅角是不對的。

野鳳凰要創造小鳳凰成紅角有一種心理上的倔強，她要使小鳳凰掩蓋紫裳，成為更紅的明星。

陸夢標要創造小鳳凰成紅角是等於創造他的作品。而我，我有什麼理由追隨著他們？為小鳳凰，她的個性並不宜走這條路，她對讀書的聰敏使她可以有許多路可以選擇。她沒有現實的虛榮，沒有理由要迫她走入這水深火熱充滿了黑暗的社會。為紫裳，她更沒有理由要與妹妹間發生矛盾。為野鳳凰，她已經不必再有什麼野心，只要紫裳對她諒解，她很可以依賴紫裳過很安適的生活，而且也可以給紫裳許多安慰與幫助，那麼究竟是為什麼呢？——非常自私的，我沒有想到陸夢標。

與小鳳凰對坐靜談，時候像過得很快。我們喝了點酒，跳了幾支舞，竟忘記了我們曾經買了兩張戲票。

這時候有一對男女進來，他們就坐在我們鄰座。男的手裡拿著國泰戲院的一張說明書，還彼此談著電影裡的演員，我才發現他們竟是電影散場後來跳舞的。看錶正是已過十一時半。我說：

「電影已經散場了。」

「這不比看電影好麼？」小鳳凰說。

「比什麼都好。」我說，「如今你總可以原諒我了。」

「原諒你什麼？」

「原諒我那天，你記得我沒有得你允許擁吻了你。」

小鳳凰沒有回答，低下頭閃動著眼光，微笑著說：

「我們該回去了麼？我想母親一定已經回來了。」

「好的，好的。」我說，「我還要去看大夏、大冬去。」

「誰是大夏、大冬？」

「啊，你記得剛才同你介紹的老耿麼？大夏、大冬就是他的孩子，現在也是電影明星了。」

五十二

在去學規路的路上，我一直想著小鳳凰脫離賣藝與放棄成紅星的問題，我一方面覺得小鳳凰不可能有紫裳一樣順利的命運，另一方面又覺得小鳳凰的性格不適宜於求這方面的成功。小鳳凰奮鬥的受阻，很容易會怪紫裳的作梗；而她如果有所收穫，也可能就是對紫裳的打擊。這不但將使兩姊妹成為敵對的角色，而且也會使野鳳凰與紫裳母女的感情日趨分裂。不但如此，而且也會使我們這群愛護她們的朋友很難自處。我覺得倘若要及時阻止這個發展，除了說服野鳳凰外，只有要舵伯有我一樣的想法才對。

就是在這樣胡思亂想中，我走進大夏、大冬的家裡；我原以為我一定又要在他們父子的矛盾中，為他們解決家庭中的問題了。可是事實上並不如此，老耿已經睡了，大夏、大冬正在盼待我。我談到老耿要搬出家庭裡的事，他們說老耿已經提出過，明天預備搬到春明旅館參加野鳳凰的團體，他們沒有反對，他們只是告訴他，隨時不想在那邊，隨時都可以回來。

接著我們大家敘述彼此別後的情形。我原以為我可聽的一定比該說的多，可是事實上他們竟是沒有什麼可以告訴我的，小江湖同他們很少來往，舵伯、衣情的事情他們一點都不知道，老江湖也不同他們通消息，他們只從韓濤壽那裡知道一點。至於紫裳，他們除了在片廠或應酬場合上偶有會見以外，也很少有個別的往還。唯一有點走動的是韓濤壽，說他有時還常來看他們，並且同他父親很談得來。他們說韓濤壽現在生活得舒服，兩年來，他寫劍俠小說很成功，在好幾種報刊上發表，已經出了十幾種書，所以他也懶得再到什麼班子裡去拉琴了。我忽然想到韓濤壽的嗜好。我說：

「韓濤壽同你父親很談得來，你父親倒沒有跟他去燕子窩？」

「這倒沒有，我父親最恨那玩意，他唯一的嗜好就是賭錢。」大夏說。

「啊，他們只在韓濤壽來的時候談談，並不在一起玩的。」大冬說。

「大概還是我們沒有工夫陪他，父親太孤獨。他們唯一相同的，就是大家會喝幾杯酒。」大夏說。

「父親喜歡談談過去所見所聞一些不著邊際的事情，韓濤壽聽去了就改頭換面寫在劍俠小說裡。」大冬說。

「韓濤壽來過一次，父親可以有兩天不發脾氣，所以我們很喜歡韓濤壽常來，可是那傢伙來的時候三天兩天來，不來的時候，幾個月不來；您想找他，沒有地方找得到他，住的地方也沒有，電話也沒有。」

「那可真巧了。我居然昨天在南京路上碰見他。要不然我想碰見他還不容易呢。」我說，「不過，我知道他常去的燕子窩，我本來想到那面去找他的。」

「他從來沒有告訴過我們。」

現在我知道，即使他們認為常有來往的韓濤壽，同他們也是很疏遠的。我由此馬上發現，大夏、大冬在成長之中，已經交到了新的朋友，走進了新的社會，他們的年齡正是變化最多的年齡，而一切的變化恐怕連自己都是無法做主的。

我自然也約略地告訴一些別後的情形，他們對於我的生活好奇地發生了莫大的興趣，不厭細煩地問個究竟，對於穆鬍子的崗位與工作，尤其感到興奮與驕傲，他們甚至想放棄現在的生活去隨從穆鬍子。

在長長談話之中，我慢慢地感到寂寞起來，我發覺在他們與我之間，竟沒有一點瞭解的橋樑。諸凡我所厭倦的，他們覺得新鮮；而我所希望的，他們也許覺得庸俗。好像彼此越談越覺得隔膜了。

自然許多方面我也發現了他們的進步，他們對於各種知識似乎都有了接觸。對於國際政治有一種看法；對於時局有莫大的關心；對於中國有一種熱愛；我馬上看到自己在這些年來的落伍，我一直都只注意身邊的人物與事件，而他們則在注意動盪的世界與人類的前途。對於時局，對於世界，我像是已經脫節，我對於許多在國際上在國內所演變的種種大事幾乎一點都不知道。我覺得我應當重新把自己活過，我有點說不出的自慚形穢。

可是在另些方面，我又覺得他們奇怪的幼稚，他們在安逸的生活中幻想流浪，在書本報刊中虛構革命。他們把自己看作可以擔任任何事業、可吃任何苦難的英雄，而對於自己生活上的一切則都有所執戀，他們對於我的離開所謂戰鬥看作小資產階級意識的作祟，對於我回上海完全是個人主義的打算。

我很想對他們說說我的感覺與情感，但是他們對我的體驗不但完全隔膜，而且毫無同情。他們要用許多他們從流行報刊中聽到的公式與名詞來接近我的思想，但是竟把我愈推愈遠。我盡我最大的能力想重新繼續我們以前的友誼，但是竟是不可能了。以前那種彼此很自然的可以無分彼此的情緒已經無法再有，也許他們把我想成英雄，而我把他們太想成江湖的藝員。如今他們發覺我的知識太有限，意志太薄弱，而我則發現他們已經是都市裡的大學生，沒有江湖上的氣派，學到一些知識上的皮毛，想用此批評他們從未接近的人生與無法瞭解的人物。

朋友的關係真是有點玄妙，接近時不知道從何接近，疏遠時也無法知道從何疏遠。我當時心裡有一種奇怪的落寞與悲哀，同時我也想到，這也許正是小江湖、紫裳一類朋友同大夏、大冬沒有來往的原因了。

我與大夏、大冬的隔膜或者正是我進了學校以後與舵老的隔膜，但是只有我永遠在孤獨與貧窮的一面，他們都有了安定的生活與新的朋友，而我則仍是一個無所寄託的生命。

夜已深了，大夏、大冬拿出他們準備了的茶點與水果，我開始避免我們當時所談的問題，我尋找一些碎屑的有趣的事情來改換我們談話的內容，談到他們的娛樂與消遣，詢問他們是否還在玩中國樂器之類的事情。茶點以後，他們陪我到大夏的房間休息，又坐了許久。他們約我搬到他們那裡來住，說可以為我把三樓佈置一下，他們的態度非常誠懇，我也就暫時接受了。我說：

「只要有一個鋪位就好了，我也不一定天天回來睡的。」

他們等我睡下了，才下樓去。這時候已過早晨四時，可是我並不能馬上睡著，我感到奇怪的孤獨與空虛。

我原先想從大夏、大冬地方知道一些以前在老江湖團體中朋友們的情形，可是他們竟比韓濤濤在新雅茶座上短短時間中所告訴我的還少。在長長談話中，他們問我以後的計畫，我竟說不出什麼。我跟野鳳凰來上海，同陸夢標一樣，原想為小鳳凰爭取一個紅角與明星的前途。可是在昨夜與小鳳凰單獨一起吃飯以後，我已經變了初衷。我沒有陸夢標一樣的單純，他完全把小鳳凰當作自己的創作一樣，除了使小鳳凰成功以外，可以不想到別的，而他對於成功的瞭解也只是見紅於社會而已。我看到小鳳凰不適宜於走那條路，我看到她有更幸福的途徑，我還看到她在那條路上，即便成功了，對於野鳳凰與她自己都不見得有什麼幸福。天下的事情也許有命運的安排，我則在孤獨之中感到這些命運。

老江湖的團體在上海是算成功的，但是這群人都散了。野鳳凰的團體即使成功，成功的也只是小鳳凰而已。我所可滿足的也許只是掩蓋了我來上海的面子，對於我自己的前途又有些什麼呢？我也許根本就是沒有前途的，從小鳳凰在蓮香閣演唱起，到她——如果照野鳳凰所設想的——進了電影公司充任主角，我會有許多工作，可是她一旦走進了電影公司，我的工作就告了一個段落，以後又是怎麼樣呢？可是如今連這個目標都被我移去，我連暫時可以充實我生活的工作都沒有了。目前我想做的是消除野鳳凰奇怪的野心，是使紫裳與野鳳凰見面而團聚，是使小鳳凰脫離這個生活。但是於我自己究竟有什麼關係呢？

這也許是我的愛，我對於紫裳的愛，對於小鳳凰的愛，對於野鳳凰的愛，這些不同的愛，使我無形中在犧牲自己，而這犧牲竟是沒有人能瞭解會瞭解的。

鄰雞啼了三四次以後，我才入睡。

我久久沒有想到死去的何老，可是那一天，我竟夢見了他。

在長長流浪生活中，我也曾夢見何老，但是這夢境是糊塗的，連他的面目都不很清楚，可是那天的夢則非常奇怪。

我清清楚楚坐在他臨死的床邊，他盲目的眼眶中流著淚水說：

「我的時間已經到了。希望你好好照顧她。」

「自然自然，我已經照你的意思把她交給了舵老。」

「那是紫裳，我是說緣羽。」

「緣羽？是誰呀？」

「你沒有見過她，她是我另外一個孫女。」

「但是我怎麼去找她？」

何老想回答可是已經語不成聲，他手緊握著我的手，一陣痙攣，他已經死去。

我就在我被握的手的隱痛中醒來，我的右頰正流著淚水。

悵臥在床上，回憶這奇怪的夢境，我忽然想到一切我設想的也許正是何老所設想的。

看錶已是十一時一刻。我起身下樓，發現大夏、大冬早已出門，傭人告訴我，老耿也已經搬去春明旅館了。

我吃了一點點心，洗了一個澡後才離開學規路。

五十三

如今我已經否定了我認為可以裝飾我虛榮的努力，而大夏、大冬也否定了我認為可以引為以慰藉的友情，我感到說不出的空虛與孤獨。我怕見熱鬧的街市，我怕見這擁擠的社會，我想找一個可以傾訴我心頭蘊積的朋友。

我已經戒煙很久，但是這奇怪的瞬間，我忽然有吸毒的欲望。我回想那些過去的日子，為李白飛送煙土給野鳳凰從而與她認識的過程，最後我想到了我久已忘卻的阿清。

我打了一個寒噤。

我頓時發覺我是不屬於這個世界，而是屬於周泰成的世界的。在這個世界中沒有人需要我；在周泰成的世界中，人人都在等待我。為什麼我要逗留在無人需要我的地方，而不回到那個需要我的世界呢？那裡有需要我耕種的田地，需要我幫助的周泰成，需要我愛的阿清。我後悔我回到上海，連一點點積蓄都不能保存。這點積蓄用在上海可以說誰也沒有看見，如果帶到周家，對阿清同她的父母可以有多少幫忙呢？

但是這是無可挽回的事實，放在我前面的，則正是我來上海的意義，也許冥冥之中有何老的指使，要我使野鳳凰這個家庭重新團聚。那麼當我把這件事情辦好以後，我再回到周泰成那裡，不也是不算晚嗎？

這些都是我從大夏處出來，坐在人力車上的一種感悟。可是到了春明飯店，野鳳凰、佟千鈞都等著我，因為今夜就要開場，有許多事情要同我商量；有許多記者來看野鳳凰同小鳳凰，要為她們照相；團體中唱滑稽的、唱蓮花大鼓的以及陸夢標都有瑣瑣碎碎事情要問我；我一時感到我昨夜實在不該睡在大冬那裡。我沒有想到，雖是小小的演出，而小鳳凰還不上場，竟有這許多瑣碎的事情。原因是這些人對於上海的情形太不熟識。我一一安排以後，叫他們先把場面道具等搬到蓮香閣去。佟千鈞先帶領他們，我則在春明飯店與野鳳凰再同演員們安排種種節目上服裝上的問題。這時候已經五點鐘，而我自從早晨吃了點點心以後還一直餓著肚子。我怕今夜的第一場會弄得太紊亂，可是這時候忽然來了一個救星。

這是韓濤壽，我約他今天來看我，而我因為忙亂，竟把他忘了。他一來我真是感到鬆了一口氣，我沒有同他談什麼，就把他拉進來幫忙。

韓濤壽究竟是熟手，人熟、地熟、玩意兒又熟。幾句話以後，他就說先到蓮香閣去看看，在那面等我，我當時叫老耿陪他同去。我與野鳳凰同演員們吃了飯，先打發演員們出發了以後，才到蓮香閣去。韓濤壽已經把一切安排得井井有條，只等他們出場了。

蓮香閣地方不大，那天有九成滿座，情形不算壞。

我與韓濤壽後來一直坐在前面，看他們一班一班上場，一直到散場後，我們才到後臺去照料。我們當時又為他們安排第二天的秩序，以後我們才回到旅館，與野鳳凰商談了許多事情後，才與韓濤壽出來。

「你想到哪裡去？」韓濤問我。

「那個以前你帶我去的燕子窩，怎麼樣？」

「那家已經關門了。我幫你到另一家去。」

「好的，好的，我只想同你詳細談談。」

韓濤壽叫了一輛汽車，在車上，他說：

「想不到這班子是你帶來的，我還以為你只是跟他們來的呢，那天怎麼不詳細告訴我？」

「那天我急於知道上海一些朋友的情形，所以一直要聽你告訴我，今天我可要告訴你許多你想不到的事情。」我說，「今天幸虧你來，不然的話，真不知道要弄怎麼糟了。」

「你們預備在上海唱好久？」

「誰也不知道。」我說，「你知道那位野鳳凰是誰麼？」

「是小鳳凰的母親。」

「是的。」我說，「那麼你當然也知道是紫裳的母親了。」

「是紫裳的母親，那麼為什麼……」

「你且不要問我，說來話長，我要慢慢地告訴你。」我說，「我們去哪裡啊？」

「大西路。」

「這麼遠。」

「那面講究些。」

「聽說你現在寫劍俠小說，很成功。」

「什麼成功，混飯吃！」他笑了笑說，「我先是寫著玩，後來有人要，我就多寫了些，現在幾乎像是改行了。」

「這倒不錯。」

「我一個人，怎麼樣也不過吃口飯，不過賣稿子倒是自由些，合於我的個性。」

汽車到了大西路，在一所綠色的鐵門前停下來。下了車，我看到門內高大的樹木，裡面則是一所白色的洋房。韓濤壽按鈴，有一個穿白色制服的男傭來開門。韓濤壽像同他很熟，招呼了一下，就帶我進去。裡面靜悄悄的，只有樓上窗隙間有點燈光，樓下漆黑，男僕為我們開了燈，我發現陳設很講究。但沒有等我細看，他已經帶我上樓，為我們開進一間房間。

那間房佈置得像是一間高貴的療養院的病室，非常雅潔。

「這像是一所療養院。」我說。韓濤笑了笑說：

「可不是，我們還不是都是病人。可是這裡什麼藥都有，煙、酒、女人。」

於是有一個穿著白衣服的很年輕的女傭來了，拿進了一張菜單似的印刷品給韓濤壽，韓濤壽在每一項上劃了幾下，女傭就出去了，彼此間都笑笑，但沒有說一句話。韓濤壽說：

「今天算我為你洗塵。」

五分鐘後，女傭重新進來，拿進了茶、咖啡、點心、水果、煙膏。她又用鑰匙開了房內的櫃門，拿出了擦得很亮的煙盤。

那時候雖已是春天，但房內還設有電爐，韓濤壽插上電爐，於是躺在煙榻上說：

「你先吃點點心，我先吸一筒。」

「你常到這裡來的？」

「啊！有時候。我喜歡這裡，只是太貴些。」他說，「不過，我喜歡來這裡寫小說，沒有吵擾，也沒有人知道我在這裡。我關在這裡，一天一晚可以寫兩萬字。」

「兩萬字？」

「可不是。」他說，「寫慣了不難。自然，我要寫的早已想好，到這裡抽足煙，只要寫就是了。」

韓濤壽在煙燈上吸了一筒煙，於是喝了一口茶說：

「好，野壯子，現在你講你的給我聽吧。」

「啊，我不知道該怎麼講起。」

「這些年來，到底在哪裡？也沒發財，也沒有結婚。你可不要學我。」他說，「當初我同老江湖不是都勸你到外國去麼？你不去，忽然失蹤了，究竟怎麼回事？」

我同韓濤壽雖是很投機，但從來沒有談過身世與心事，如果他對我過去有點瞭解，那一定是老江湖告訴他的。我們後來很接近，常常在燕子窩裡聊天，但他一直沒有興趣知道人家的私事，聽到了也從來不會記在心裡。我們所談的都是許多人生中的嗜好、技藝與怪人怪事。他會音樂，會種花，會養鳥，會看相，還會中醫，隨便談來，都是有趣的故事。他自己雖是吸煙，但從不勸我嘗試，他雖是常常拉我在一起，但總勸我不要學他。可是現在我竟急於想把一切都告訴他，想請他指點我應當怎樣選擇我的前途。我早晨所感到的空虛與寂寞，在忙亂之中雖曾經忘去，但始終是蘊積在心頭的；現在我似乎已經平靜，在這個清靜安詳舒適的房內，對著這位老友，像是有了依靠一樣的，我想傾訴我心頭的蘊積。這因為上海的一切都變了，只有韓濤壽沒有變，上海不會有人看得起我，甚至大夏與大冬，只有韓濤壽還當我是個有前途的生命。

我當時就把當年穆鬍子向我借錢，而我跟他一起投奔唐凌雲講起，盡可能不遺漏地講到我如何一個人離開他們流浪，被劫，被救，以至在周泰成的家裡遇見了阿清，在回峰集遇見了那個老闆娘，在通成旅館會見了老耿，再以後我是怎麼樣為李白飛送煙，與野鳳凰成為好友，以至於我跟她們組班來上海。我還告訴他我現在的想法，我要使野鳳凰與紫裳母女團聚，使小鳳凰脫離這個生涯。但不知道應該怎麼樣勸野鳳凰。

等我把一切都傾訴了以後，韓濤壽沉吟了許久，忽然說：

「我當初勸你出國讀書，現在我覺得，你有這許多經歷真是比讀書考博士好得多了。」

「我問你實在事情，你講這些幹麼？」

「實在事情，我覺得你是無能為力的。我相信命運，命運會安排一切的。」

「命運？」

「都是命運，紫裳的走紅，除了命運還有什麼？」

「那麼，你覺得小鳳凰……」

「啊，我只從相上來說，那天在新雅茶座，我看了她的相。」

我雖是不十分相信相術，但也不禁好奇地問他：

「怎麼樣？」

「她一定不會在那條路上走下去的。」

「你是說……」

「我想她母親一定會照你所想的改變意思的。」

「但是我還沒有碰見舵伯。」我說，「野鳳凰正想要我告訴舵伯，要舵伯去找她，她以為她一定可以影響舵伯的。」

「如果舵伯願意幫她，那麼你也何必一定要阻止她，這於你有什麼關係？」

經韓濤壽一提，我恍然醒悟。真的，如果舵伯要幫他們，我實在沒有阻止他的理由了。我說：

「你的意思是只要讓他們見面就是了。」

「是呀。」他忽然撥著煙膏又說，「照我看來，舵伯也不會甚至無法幫她們的。」

「怎麼？」

「你看著好了。」他說，「你問我，我也說不出理由，可是從她們的氣勢看來，我覺得與紫裳當時的氣勢太不能比了。這種地方，就只能說是命運。」

關於這點，我無法徵求韓濤壽的意見，因為我並沒有告訴他野鳳凰與舵伯的關係與他們過去的歷史，但是他忽然說：

「我覺得你在他們見面前最好什麼都不說，等舵伯問你時再說你的意見。」

「對極了，這正是我的意思。」我說，「我想，我還是先不去看舵伯，我想寫一封信，最好有人為我送去，當面交給他。」

「這辦法很好。」

「但是你覺得誰可以送這封信呢？」

「這很容易，我替你送去好了。」韓濤壽說。

「但是我不要先讓衣情看見，野鳳凰好像不願意別人先知道她要看舵伯的。」

「這很容易，」他說，「我去，先告訴衣情，說你回來了，在那裡等她。我陪她到你那裡，我再去送信，這不很妥當麼？」

「好極了，好極了。」我說。

「那麼你現在就寫好了。」他說，「那面抽屜裡就有信紙。」

「現在就寫？」我說，「也好。我想只要寫簡單些，不過野鳳凰還有一只玉鐲。我想同信一同去交他，比較好些。」

「在哪裡？」

「在春明飯店。」

「那麼明天去拿好了。」他說。

當韓濤壽起身吃點心的時候，我就開始寫信。我的信寫得很簡單，內容像是這樣的：

舵伯：

我偕同野鳳凰的班子到了上海，因為他們急於上演，所以不能馬上來看你。野鳳凰現住國泰飯店七三六號房間，托我把這只玉鐲奉上，希望你可以於最近去看她一次。去前先打個電話聯絡，以免向隅。容面詳。

此頌

大安

野壯子

五十四

我於第二天下午，在立體咖啡館與葛衣情會晤了。

我實在無法想像，這個坐在我對面吸著紙煙的豐腴女人會就是曾經使我對她顛倒發狂的葛衣情。她胖了許多，儘管不能說是不美，也打扮得非常時髦，但是再也引不起我一點想像。

我沒有告訴她我離開上海以後的生活，這些生活對她是不會有什麼意義的。我也沒有告訴她我的思想與情緒，這些思想與情緒的變化是她所無法瞭解的。我只是想從她那裡知道一些舵伯與紫裳的情形。

關於舵伯，她告訴我這幾年中舵伯曾經病過一場，是胰臟發炎，動過一次手術，雖已完全痊癒，但是精神已不如前。他對於上海這樣的生活已生厭倦，很想有點改變。

關於紫裳，她告訴我紫裳已經是最紅的明星，她不但沒有改變，而且比以前更美麗漂亮。最後她開玩笑似的告訴我紫裳還沒有固定的男友，我還是可以有機會。

我對於這種玩笑不知怎麼竟感到非常蠢俗，我沒有理她，我就用別的話支吾開去，開玩笑似的說：

「那麼你呢？你還不嫁人？」

「我已經老了，」她忽然笑著說，「我現在不想嫁人，我只想服侍舵伯，撫育藝中。」

「啊，藝中，對啦，他怎麼樣？已經有四五歲了？」我問。

「他很聰敏，只是很瘦弱。」

「他一定不認識我了。」

「你也不會認識他的。」

「日子過得真快，」我說，「不知道他母親現在怎麼樣了？」

「你也沒有她消息？」

「沒有。」我沒有提起我曾經見過她，我含糊地說，「大概也早已把藝中忘了。」

關於藝中的話談過以後，我真是想不出還有什麼可談的。老江湖、小江湖她早已沒有來往，大夏、大冬她大概更不知道了。只有韓濤壽，她說：

「還是韓濤壽，這幾年一直很不錯。」

「可不是，聽說他寫劍俠小說很成功。」

「他還說，他想把舵伯的一生寫一本小說呢。」衣情忽然說，「我不許他寫。」

當我現在寫這本書的時候，我忽然想到我最初的動機也許正是當時衣情這句話的暗示。我覺得我的渺小的一生，浪費在追尋已失的東西，而得到的則是多一個已失的東西。也許這樣的生命也正是最值得記錄的生命。

我與衣情的重會，真是平淡到什麼話都沒有傾談。我發覺我與她的距離實在太遠了，而這曾是我一個傾心相愛的人。

韓濤壽陪衣情來後，說有事離開一會。我知道他是為我去送信給舵伯的。他走了以後，我很希望他早點回來，可以緩和我與衣情間無法融合的氣氛。

我告訴衣情，我一二天內就要搬到大夏、大冬的家裡。她問我為什麼不住到舵伯那裡去，我說我一走就是三年，不知道舵伯變得怎麼樣，也許不喜歡我去打擾他了。衣情忽然露出很自然的笑容說：

「我們還是同以前一樣，歡迎你回到我們的家裡來。」

衣情把「我們」與「我們的家」雖是說得很自然，可是我聽了竟覺得很刺耳。衣情儼然以舵伯女兒的身分在說話。這也難怪，舵伯已經正式認她是女兒，她也有資格那麼說，可是對我，在我的印象中，過去種種都像是昨天的事，也難怪我聽不慣。

衣情如果是想叫我搬去，這句話可竟得了相反的效果，也許是衣情怕我搬去，她所以要這麼說吧？

總之，這一次與衣情重會，不但喚不起我過去對她的情誼，也喚不起她對我常常有的一種女人的誘惑。

當時我沒有話說，偶爾對她稍稍注意，我發現她今天真是用心打扮過的。她翡翠的耳環，華貴的衣服；手指上的兩隻戒指——一只是碧綠的翠戒，一只是至少四克拉的鑽戒，似乎是要我看到她現在身分，是真正百萬富翁的小姐了。

但是這只是增加了我對她的厭憎。

韓濤壽終於來了，我等他坐下喝一杯茶的工夫，就推託與韓濤壽還有事情。我寫了一個學規路的位址給衣情。

「那麼你什麼時候來看舵伯呢？」

「我隨時會來的。」我說。

韓濤壽已經在付賬，我們一同走出咖啡館，衣情說：

「你們到哪裡，我送你們。」

「不要客氣，我會帶他的。」韓濤壽說。這時候我才看到衣情是駕著一輛簇新的漂亮的車子來的。我們送她上了車，她回頭對我笑了一下，一面說：

「你還是搬到我們那裡來住吧。」就一徑飛馳而去了。

我從她的笑容，忽然想到當年杜氏宗祠舞臺上她演越劇時的笑容。她已不是葛衣情，她同自己距離都是這麼遠，那麼同我的距離怎麼會不遠呢？

與大夏、大冬的重聚，我感到了空虛與寂寞；與衣情的會晤，我感到了一種說不出的迷茫。

女人似乎是很容易活在現在的動物，她們的生命與過去很容易切斷。這使她們即使對於最熟悉她們底細的人，也可假裝是沒有過去的。她可以對我如此，對韓濤壽一定也更會如此。

韓濤壽始終沒有同我談過葛衣情，我也從來沒有同他談過。他似乎並沒有看出我今天對葛衣情的感情，但是他看出我們的會面並不是同以前一樣的。當我們望著衣情的車子駛去後，他說：

「衣情變了不少吧？」

「自然。」我說，「我已經有幾年沒有看見她。天天見面的人不覺得，好久不見面，一定會覺得變了很多。她大概也覺得我變了不少了。」

「你自然也變得不少。」他說。

韓濤壽於是告訴我他已經把玉鐲與信當面交給了舵伯。

「他怎麼說？」

「他沒有說什麼。」他說，「他只是叫你去看他。」

「我暫時不想看他，我想等他看了野鳳凰再去看他。」

在馬路上走著，韓濤壽問我：

「現在你想到哪裡去？」

「到上海來，想看的人還有幾個。大夏、大冬已經看見過了；葛衣情剛剛會過；舵伯還要晚幾天，等他會見過野鳳凰再說；現在還有紫裳。」

「那麼你去看紫裳吧。」

「我還不想去看她。」我說，「不瞞你說，我有點怕見她。」

「你還愛著她？」

「我不知道。」

「一個男人不會怕見一個女人的，除非他愛著她。」他說，「但是你總要去看她的，你去吧。」

「不，不。」我說，「你是不是有事？」

「沒有事。」

「那麼你帶我去看小江湖，好不好？」

「為什麼不好？」韓濤壽說。

「他們會在家麼？」

「小江湖一定會在鋪子裡的。」韓濤壽說，「我們坐電車去好了。」

我與韓濤壽搭上電車，到了小南門，很快地就到了「江記樂器鋪」。

雖是一間門面的鋪子，但是開間不小，四周都掛滿了琵琶、月琴、胡琴、笛子、洞簫一類的樂器。

小江湖正同幾個閒人在答話，我的出現真是出了他意料之外，他一時都不敢認我似的，有點愣了。韓濤壽說：

「你不認識了？」

「啊！野壯子。」小江湖跳起來拉著我說，「你什麼時候來的？」

他一面敬我香煙，一面叫一個很年輕的夥計倒茶。

「不要客氣了。」韓濤壽說，「你什麼時候可以走，我們到你家去坐坐。」

「隨時都可以走。」他說著一面就關照那個夥計幾句話，一面就打先走在前面，他說，「真想不到，真想不到。」

「我看你氣色很好，一定很幸福。」我說。

小江湖真是一點也沒有變，他還是這樣的壯健年輕。他說：

「我很好，你呢？瘦了一些，是不？」他說，「這些年來怎麼樣？」

「還是一樣。」我說。

「看見紫裳沒有？」

「沒有。」我說，「文娟好麼？」

「她很好。我們常談到你。我們已經有了孩子了。」他說。

小江湖的家就在後面一條街上的一條弄堂裡。

那是一所石庫門的房子，一上一下。地方不大，但收拾得很乾淨。我們從後門進去，一個五十來歲的老嬤子正在洗衣服。

韓濤壽帶我上樓，黃文娟已經在樓梯上迎我，我說：

「文娟，怎麼樣？」

黃文娟穿一件灰布的短襖褲，比以前好像顯得粗健些，她似乎有點害羞，笑了笑，很低聲地說：

「真想不到，真想不到，像……」

小江湖抱著他的孩子從房裡出來，一面迎我們進去。這是一間開間不大建築很次的樓房。房中的家具雖不講究，但很整齊，牆上掛著他們的結婚照相，同黃文娟抱著她孩子的照相。還有一張是紫裳在恒新舞臺時的劇照。

他們的孩子才三個月，皮膚黑黑的很壯健。

韓濤壽一面坐下一面說：

「小江湖很用功，這三年來每天都讀書寫字。」

「現在有現成的老師，一定進步更快了。」我說。

黃文娟給我們倒了茶，又要忙什麼糖果。我極力阻止她，要她坐下來談談。

從談話中，我知道小江湖在黃文娟徒刑期間，每星期去看她，帶給她食物衣著，從來沒有間斷過。小江湖在等待黃文娟期間，很專心用功讀書，每星期把所學的告訴黃文娟。還極力節約，把儲蓄的錢數告訴她，這給她以莫大的安慰與鼓勵，覺得世界上也真有一個為她活著的人。她於出獄後就同小江湖結了婚。得韓濤壽幫忙，老江湖也為他們湊些錢，開了一家樂器鋪。黃文娟先還在一家小學校教了幾個月書，後來因為有了孩子，暫時不教。她希望下學期再去教書。

這時候，孩子忽然哭起來了；文娟叫小江湖抱給傭人去，並叫小江湖去買些點心來。

小江湖就下樓去了。我想到黃文娟或者知道我是想同她單獨談談的。我當時就說：

「文娟，你很幸福。」

「都靠你們幫忙。」她說，「你呢？你結婚了麼？」

「我，像我這樣的人，有誰肯嫁我呢？」

「我想你眼光不要放得太高。」她忽然很老練地說。眼睛瞟了一下牆上紫裳的照相，又低下了頭，說，「我覺得你應該娶一個會服侍你的、一心一意愛你的鄉下姑娘才好。」

黃文娟的話使我想到了阿清，我半晌說不出話來。我馬上想到黃文娟才真是幸福的，她有了一個真正一心一意愛她的忠誠壯健的丈夫，所以也希望我可以娶一個良善的、忠誠的鄉下姑娘了。

小江湖買了點心回來，在吃點心的時候，小江湖才問我的情形，我只告訴他我跟了一個班子一同來，在蓮香閣表演，現在對什麼還沒有打算。我不是不願意對小江湖多談我的事情，只是不願意一遍一遍訴說我這三年來的際遇，因為多一次的敘述就是多一次的回憶，多一次回憶，也是多一種痛苦。

吃了點心，我與韓濤壽就告辭了，他們一定要我們吃了晚飯再走，我說我們隨便什麼時候都會來打擾他們，今天還要去蓮香閣，所以必須回去。

從小江湖的家裡出來，韓濤壽說：

「想不到黃文娟這樣好。」

「我倒覺得小江湖真難得。」我說，「他先愛紫裳，可惜紫裳竟無福消受。」韓濤壽說：

「愛情與友誼，都要有患難才能證明。黃文娟要不坐牢，怎麼知道小江湖是這樣忠誠呢？我想大概還是那兩年裡小江湖的愛情感動了她，要不然，黃文娟也許也不會嫁給這樣一個人的。」

「黃文娟很早就答應嫁他的。但是如果她沒有坐兩年牢，這個婚姻很難說是否會這樣幸福哩。」我說。

「你是說，無從證明小江湖愛她的偉大？」

「我是說，無從使黃文娟瞭解人生中什麼是最可寶貴。」

「黃文娟的兩年徒刑，好像是為小江湖訓練一個賢慧的太太。」

「世上的幸福想來都是在痛苦中鍛鍊出來的。」

「你講得太遠了。」韓濤壽說，「中國古話，一個人知足就是幸福。」

韓濤壽似乎在說他自己。

那麼我自己該說是一個不知足的人了。

五十五

現在我知道胡嬤是一直照顧小鳳凰的，上次小鳳凰出門，因為野鳳凰身體不好，所以胡嬤沒有跟去，臨時請了一個人，那個人沒有陪小鳳凰回城，就回家了。胡嬤對小鳳凰雖是無微不至，可是小鳳凰覺得她太注意她與管束她，這大概也是上次故意要胡嬤留在家裡照顧她母親的原因。

當時小鳳凰已經快登場了，所以胡嬤特別小心地關照她不要這樣，不要那樣。那天，我帶小鳳凰出來吃飯，胡嬤似乎也很不高興。後來又再三關照我要帶小鳳凰早點回來，說她快要登場，應該早點休息。

一到外面，小鳳凰就說：

「她總是把我當作小孩子。」

「這多麼幸福，有這許多人愛護你。」

「可是我不是小孩子了。」她說，「所以我要把她留給母親。」

「我看她比你母親還愛護你。」

「母親事情多，也知道我已經大了，用不著管；胡嬤沒有別的事，所以就專看守著我。母親在一起的時候，她還要注意母親，我還自由些，現在母親搬到國泰飯店去住，她就專注意我了。今天我們偏晚一點回去。」
「你喜歡到哪裡吃飯？」
「就是那天你和我去的地方好麼？」
「只要你喜歡。不過我想換一個你沒有去過的地方也好。」
「那麼就隨便你吧。」
當時我就想到了賽內飯店。這因為我早晨剛剛在報上見到過廣告，說花園已經裝置一新，即日開放。這是我以前曾經去過的地方，記得平常他們到夏天才開放花園，現在似乎特別提早了。
這花園是長方形的，有一個葡萄棚，幾株桑樹，一個小小噴水池，池欄邊都種著美人蕉，舞池很小，在另一端。我們到了那裡，就坐在噴水池與桑樹的中間的一張桌上。
小鳳凰似乎很喜歡那個地方。在陰暗的紅綠燈下，她閃耀著罕有的高興與笑容。點了菜以後，她要我陪她去跳舞。她依在我臂上時，突然說：
「你有沒有去看過我姐姐？」
「沒有。」
「沒有？」
「沒有。」
「為什麼？」

「我想我這次應該同你母親一同看到她。」

小鳳凰沒有再說什麼。

「對不起。」我說，「我跳得不好，我好久沒有跳舞了。」

「我也不很會跳。」她說，「聽說有教跳舞的，你帶我去學好麼？」

「這很容易，等你空一點的時候。」我說，「學跳舞不難，可是學會了以後就要常練，多跳。」

「我姐姐的舞一定跳得很好了。」

「我想她現在一定跳得很好了。」

「那麼將來我叫她教我好了。」

「你在上海，要學跳舞還不容易？」我說。

音樂完了以後，我們回到座上。小鳳凰今天真是高興，她說她要喝點酒。叫了酒，菜也上來了，小鳳凰忽然說：

「剛才我們說胡嬤，你還不知道陸師父這兩天怎麼管著我呢！」

「我想這也許是你最後的演唱。你只要忍耐這一次了。」

「為什麼？」

「我不是說，我希望你可以換一種生活，去讀幾年書？」

「我也不想。」

「那麼你想什麼？」

「我想，我想嫁人。」她喝了一口酒，忽然看我一眼，很豪爽地笑著說。

「你那麼年輕想嫁人？」

「年輕不嫁，難道到老了才嫁？」她又豪爽地笑著。

「我不是那個意思，我是說像你這樣年輕美麗聰敏的藝員，至少有一種想紅遍大江南北的欲望。」

「像我們這種賣藝的女人，紅遍天下還不是人家的玩物。」

「自然，這在小城市裡也許如此，在上海，譬如像你姐姐那樣，做了電影明星！……」

「有什麼不同？」小鳳凰乾了杯又說，「如果說我們像是長在野地裡的花，她最多也不過是長在公園裡的花罷了。」

一瞬間，我發覺小鳳凰真是長大了不少。她一面問我要一杯酒，一面說：

「你不要害怕，我不會喝醉的。」

我為她叫了酒，我說：

「我倒不是害怕，倘若你有什麼三長兩短，或者影響你的嗓子，你老師同胡嬤下次一定不許你跟我出來了。」

「你這樣喜歡陪我出來？」

「你剛才說是花，那麼誰不願意陪一朵美麗的花朵出來呢？」我說，「你看，這裡哪一桌不是有男有女的？」

「可是我倒第一次單獨跟一個男人出來呢。」

「真的？這可真是我的光榮。」我說，「但是，你以前……」

「自然，是我師父他們對我不放心。」她說，「其實我倒不怕，人家難道會吃了我？」

「這也難說，在這個社會上。」我笑著說。

「可是他們對你倒放心，在我看來，你也不見得比別的男人好。」

「自然，男人總是男人。」我說，「你說你要嫁人，那就應當多有機會單獨同男人在一起才好。」

「所以第一個我找到了你。」她說。

「你不要這樣講下去，再講下去，我就要向你求婚了。」

「你不會有這樣勇氣的。」小鳳凰笑著說，「因為這先要通過我的母親，可是母親答應了，我一定會不答應的。」

「你母親不答應呢？」

「那你就沒有勇氣敢向我開口了。」

「可是事實上，婚姻問題不是這樣講，問題還是我是不是愛你，你是不是愛我。」

「這就說得太遠了。」她說，「我們去跳舞。」

這時候音樂正奏著華爾滋。

我非常不懂小鳳凰的心理。難道她真的在愛我了，還是她想知道我對她的情感？今天她的態度同平常很不同，女孩子往往有突然的不同的態度；而小鳳凰的不同使我覺得她太不容易瞭解了。

茶上來很慢，我們跳了不少舞。吃完飯已經是十點鐘，十點半的時候，我因為胡嬤關照過，所以提議回去。小鳳凰說：

「是不是因為不喜歡同我單獨在一起？」

「你這是什麼話？」我說，「你知道的，如果我們回去太晚，胡嬤同你師父都要怪我，下次就會不許我帶你出來了。」

「可是，如果你現在要我回去，下次我可再不同你出來了。」

「我希望你會常常這樣同我在一起，即使在你成了你姐姐一樣的紅星的時候。」

「你是說我姐姐已不肯像我這樣同你單獨在一起了？」她說。

「我想你將來也會同她一樣的。」我說。

「我還不知道自己。」她笑說，又要我陪她去跳舞。

十一點鐘時候，我因為擔憂胡嬤與陸夢標怪我，也怕小鳳凰喝酒太多，所以又提議回去。小鳳凰又反對，她說：

「如果他們明天怪你，我會說，倘若不許我同你出去，我會同別人出去的。你知道上午就有一個畫報的編輯約我吃飯，我拒絕了。」

這樣，我們又叫了一杯酒，跳了幾支舞。時間在不知不覺地過去，再看錶的時候，已經十一點三刻，我又提議回去，小鳳凰說到十二點才走。相差只有一刻鐘工夫，我自然沒有異議。於是，一件想不到的事情竟出現了。

這時候，有三個男人同兩個女人從外面進來，因為都打扮得很時髦，大家自然都看了他們一眼。他們好像同侍者很熟，侍者非常恭敬地帶他們到近舞池的座位上，電燈的光線很暗，我也不會想到這裡會碰到我熟識的人，自然沒有特別去注意。可是我們鄰座的一桌，坐著兩個男人，兩個女人忽然在談話了。

「是紫裳。」

「同誰在一起呀？」一個女的問。

「宋逸塵。」男的說。

「還有一個女的呢？」

「姚翠君。」

當我清楚地聽見這些對話的時候，我的心突然緊張起來。很奇怪地，我當時很想躲避這個場合，我又提議回去。

「還沒有到十二點呢！」小鳳凰一面笑著又說，「再跳一支舞。」

小鳳凰站起來，昂著首一直向舞池走去，正是沿著紫裳的那張桌子邊緣。我隨在後面，為怕被紫裳認出，我繞了一個桌子到了舞池。

在跳舞的時候，小鳳凰忽然說：

「你不去招呼？」

我原以為小鳳凰剛才沒有聽見鄰座的談話，很想不讓她知道就算了。如今見她早已發現，我就說：

「你認為需要麼？」

「隨便你。」小鳳凰說。

小鳳凰在走到舞池的時候，並沒有看紫裳，這時候她竟不斷地在注意。她一面擠著到舞池邊去，一面說：

「她不知道我是誰，我知道她是我姐姐。這樣看她，很好玩。」

「你要我去招呼？」

「隨便你。」

「那麼不要從那面去。」我說。

「你怕？」

「不是怕，」我說，「她還不知道我來上海。如果你要我介紹，我就招呼她。」

「你怎麼介紹呢？」

「你要我怎麼介紹呢？」

「讓我想想。」

音樂是一連三支，但是一曲終了的時候，我就同小鳳凰下來了。我就說：
「我們回去吧。」
「你不說替我介紹麼？」
「你要我怎麼介紹？」
「你就說同你一同來上海的唱大鼓的女孩子好了。」
「那不好。」我說，「除非你讓我說穿你是她的妹妹，我不去招呼，也不給你介紹。」
「你以為母親喜歡你這樣對她說穿麼？」
小鳳凰這句話提醒我野鳳凰的念頭。我沉吟了一會，馬上想到我沒有理由要這樣忠實。我當時就說：
「好，好，聽你的。我就這樣替你介紹。」可是繼而我又覺得還不如不招呼好，所以我又說，
「已經十二點了，我看，我們走吧。」
「我不走。」小鳳凰說，「現在我們有了理由，兩點回去也不晚了。」
「你回去也打算說明你碰見了紫裳？」
「自然，為什麼不？」
「你真的要我介紹？」
「自然啦，我還沒有看清楚。她好像比她電影裡還要好看。」小鳳凰說，「好，好，你過去吧。」

「這樣過去找她太突兀了。」我說著，一面拿出筆，我寫了一張字條：

「紫裳：我已回到上海。下支音樂我想請你跳舞，告訴你我怎麼沒有先來看你。野壯子」

我把這張字條叫侍者送去後，音樂再響時我就跑到紫裳面前。

紫裳還是一樣的年輕美麗，而儀態更顯得雍容高貴，我不知道她是用什麼眼光在看我的。

她沒有一點驚訝與慌張，沒說一句話，看我一眼，站起來，就跟我到了舞池。

「你什麼時候來的？」她說。

「才幾天。」我說。

「碰見舵伯了？」

「沒有，但是碰見過衣情。」我說，「想不到在這裡碰見你。」

「你們很多人？」她問。

「我同一個女的，」我說，「她是你的妹妹。」

她沒有回答。我知道她不會相信，而又覺得我不是開玩笑，所以只好等我再說下去。

「真的，是你妹妹，叫小鳳凰，是唱大鼓的。這次我是同你母親他們一個班子來的。」

「我母親，她也來了麼？」紫裳忽然回過頭想找我們的座位。

「她沒有來這裡。」我說，「她有一種奇怪的心理，要暫時不通知你，不讓你知道。所以回頭我替你介紹小鳳凰，你千萬不要露什麼聲色，假裝不知道好了。」

「為什麼？」

「慢慢我告訴你。」

「你住在什麼地方？」

「我住在春明飯店，不過我想我會搬到大夏家裡去住。他們要我去。你呢？」

「我住在愚園路，回頭我寫給你。」她說。

我把紫裳帶到我們的座桌，給小鳳凰介紹，紫裳果然不露聲色地很客氣地與小鳳凰交談一會。我發現小鳳凰沒有發現我已經把祕密告訴了紫裳。

紫裳坐了一支煙的工夫，我陪她回座，她當時就為我介紹他們桌上的人，其中一個瘦削清秀的人，紫裳介紹我說是宋先生。出我意外的，他忽然說：

「你是周也壯，啊，不認識了。」他說，「我是宋子恂。」

對的，宋子恂，他是我在大學裡的同學。他的父親是西洋文學系教授，還寫過兩本小說。

「啊，宋子恂，」我一面同他拉手，一面說，「我們竟一直沒有碰見。」

「後來我去了美國。」他說，「你呢？」

「我也離開過上海，剛回來不久。」

「坐一會麼？」

「我不坐了，還有朋友在那邊。」

「哪一天我們談談。」宋子恂給了我一張名片，「我現在叫宋逸塵，那是我的地址，你隨便什麼時候來玩，我們談談。」

我拿了宋逸塵的名片。紫裳也給了我她的地址。

沒有人知道我在紫裳介紹中，所最感興趣的人物，那是姚翠君。她就是當我第二次到那個與葛衣情決絕的戲院時，我在戲院外看到的掛著頭牌的人，我感到她與我生命似乎有一種很神祕的聯繫。

第一次是她的名字，第二次是她的照相——那張與紫裳合演的《愛情的墳墓》的電影，現在竟碰到她本人了。

她有一個中國畫裡常見的古典美人的臉龐，但有一個很現代的身材。我沒有同她說什麼，只是拉拉手。在她同別人的談話中，我聽到她有一口很流利的國話，嗓音很甜。她不會知道我在注意她，也不會知道我知道她已經是多年了。

我當時並沒有機會談及我認識她的歷史，姚翠君與紫裳兩個人也不一定會記得，她們是在一個城市中同時在兩個舞臺上演出過。

然而人間不過是一個大舞臺。今夜的演出，我竟被命運這個編劇家安排成主角了。

我匆匆地回到我的臺子，時間已經是一點一刻。我對小鳳凰說：

「現在我們總可以回去了吧？」

五十六

野鳳凰搬到國泰飯店以後，我很少同她見面。偶爾見面，我也找不到單獨兩個人的機會可以問問她是否會見了舵伯，她似乎也不想同我談起舵伯。

那天碰見紫裳以後，我與小鳳凰都很想把這個偶然的意外的事情告訴野鳳凰。我們於第二天上午打電話給她，她還沒有起身。下午再問，她已經出去。

四點鐘的時候，我曾經出街一趟，六點鐘回到春明飯店，野鳳凰已經先到了。她同小鳳凰兩個人在一個房間裡，我想小鳳凰一定已經把昨夜的際遇告訴她了，我說：

「你已經告訴你媽了？」

「她比我們還早知道。」

「怎麼？」我吃了一驚，我想這一定是我在舞池裡祕密地告訴紫裳，紫裳耐不住而去找她母親了。我以為野鳳凰一定會怪我多事，太不尊重她的意志。可是出我意外，野鳳凰接著就很淡漠地說：

「我下午已經碰見她了。」

「誰？紫裳麼？」我問。

野鳳凰點頭笑笑。

「你找她的還是她……」我想如果是紫裳找她母親，那麼紫裳一定不會不說出是我告訴她的。

「舵伯把她約來的。」野鳳凰淡漠地說，接著她笑了一笑問我，「你沒有碰見舵伯？」

「沒有。」我說。野鳳凰忽然說：

「回頭上戲以後，你到國泰去找他好了，他在我房間裡等你。」

「那麼我們一起去好了。」

「我要聽他們演唱。」她說，「他約你一個人去，想同你單獨談談。」

「也好。」我說。

自從韓濤壽把我的信與玉鐲送給舵伯後，究竟舵伯什麼時候去看野鳳凰，他們見面以後又是怎麼樣，這些我都不知道。如今舵伯要單獨同我談談，不叫別人通知我，也不叫我到他家去。叫野鳳凰這樣通知我，又在野鳳凰那裡，這真把我弄糊塗了。

野鳳凰這樣關照我後，就走出去同陸夢標他們去談話。我想問問她關於她會見紫裳的情形與她對於紫裳的印象都沒有機會。我當時就問小鳳凰：

「她真的會見了紫裳？」

「自然是真的。」小鳳凰說，「我一告訴她我昨天看見紫裳，她就說已經知道了。我還以為她在外面碰見你，你告訴她的。我說：『是不是野壯子告訴你的？』她說：『我下午看見過紫裳。』」

「她們見面了怎麼樣？」

「她沒有說什麼。」

野鳳凰真是一個不可捉摸的神祕的女人，她心中所策劃的，在沒有實現時，決不肯對人透露什麼。當初要我介紹李白飛時，就是這樣。如今我為她通知舵伯，她一定又在進行新的計畫了。如果她會見紫裳是舵伯約的，那一定是她的主意，她可能又有什麼新的打算，而這是她現在決不告人的。所以我當時也不想再打聽，我相信，我在夜裡會見舵伯後，一定可以知道一個端倪。

晚飯的時候，韓濤壽來了。他很熱心，自從蓮香閣演唱開始起，他每天都來幫忙，實際上他已經為我負起了大部分的責任。

我們於晚飯後一同到蓮香閣，除了小鳳凰。小鳳凰因為昨天晚回，明天又要正式登場，所以要早點休息。

我等他們開場後，就拜託韓濤壽照顧一下，就獨自到了國泰飯店。

野鳳凰住在七百三十六號，我在櫃上打電話上去，舵伯說正在等我。

走進房間，舵伯迎著我，用有力的手掌拍著我的肩膀，說：

「野壯子，讓我看看你變了沒有？」

他看了我好一會，我也看著他。他似乎比以前瘦了些，頭髮灰了許多，眼睛有點陷進去。

他穿一件綢質的棕色的長袍，黑緞子鞋。風采比以前好像更文雅了。

他邀我坐下後，為我倒了一杯酒。於是靠倒在沙發上說：
「你這幾年的情形，她已經告訴我不少。」我發現他聲音不像以前的健朗。
「野鳳凰？」
舵伯笑笑，從他眼梢的皺紋中，我看到他的確比以前老了。我當時笑著說：
「她也告訴我一些關於你的事情。」
「那很好，」舵伯喝了一口酒說，「我們彼此應當更瞭解了。」於是他換了一種語氣，忽然望著我的眼睛問我：「你是不是還愛著紫裳？」
「我不知道。」我說。忽然我從舵伯的眼睛中看到一種他從來沒有的溫柔，我笑著說：
「可是我知道你到今天還是愛著野鳳凰的。」
「我一生只愛過一個人。」舵伯忽然說。
很奇怪的，舵伯的話，使我對他頓時起了一種敬意。像他這樣一個人，居然有這樣難得的愛情，對我可真是一種諷刺了。但是我當時忽然想到衣情。
在我上次匆匆地與衣情會晤後，我一直覺得衣情對我有一種威脅。這種威脅是直覺的，我說不出所以然，在她的精神之中，似乎已經看透我最後還是要依靠舵伯，最後還是要回到她那裡去的。我看不出她對我有什麼愛情，但我看出她是需要我的，這原因其實很簡單，可是我當時並沒有瞭解。舵伯的話，雖是對自己說的，我可馬上看出他的含義，我猜想一定是衣情要他來說服我的。我當時就說：

「你也希望我也有像你一樣的愛情麼？」

「我們是老朋友了，」舵伯說，「我對你非常瞭解，你沒有毅力，沒有氣魄；你要錢，但你不肯冒險；你要愛情，但是你不肯犧牲自己；你要讀書，但你不肯發憤；你有虛榮，但是你沒有勇氣；你求上進，但是你的方向不堅定。你一直不知道你自己要什麼，實際上是你要的東西太多。你驕傲，你也不想依賴人，可是你自己並沒有一種獨創的精神，你不能獲得什麼。」舵伯說到這裡忽然咳嗽起來。

「舵伯，你的話都對，」我說，「但是現在你要我怎麼樣呢？」

「這是我要問你的，你到底要怎麼樣？」

「我還不知道自己。」我說。

舵伯忽然微喟一聲，他說：

「每當我想到你的時候，我就想到當初帶你出來也許就是一種錯誤。要是我為你置了田地，讓你一個人像你父親一樣做勤儉的農夫，也許你現在會很幸福。」

「可是我並不後悔，」我說，「我看到了人生。」

「但是你並不瞭解什麼是人生。」舵伯說，「你父親什麼都不要，但是他當時有了一切；而你什麼都要，結果什麼都沒有。」

「可是我並不羨慕我父親，他是一個簡單樸實的人，他的良心是一無斑痕的完美的結晶，所以當他無意地傷害了白福，他就整個地崩潰了。如果他稍稍複雜一點，他的內心並不這樣完美自足，那麼他一定不會因為自己良心上有什麼裂縫，就無法支持自己的生命了。」
「現在你已經閱歷了很多的人生，但是你獲得了什麼呢？」舵伯說。
「我也許還不知道要什麼。」
「你要過衣情，失敗了；你要過映弓，失敗了；你要錢，沒有成功；你要讀書，也沒有成功；你要獨立，你要自己奮鬥，結果，像蒼蠅打過圈子一樣，又回來了。你帶著野鳳凰來上海，不過是掩飾你自己的失敗；你想捧紅小鳳凰，不過是對紫裳自卑感的一種解嘲……」
「對的，舵伯，你說的也許都對。」我說，「我要過衣情，但當我可以有衣情的時候，已經不是當初的衣情；我要過映弓，但我並沒有想佔有映弓；我要過錢，但我馬上發現錢不是萬能；我要自立，我要不依賴你，是的，我現在還是那麼想。我回到上海，雖沒有什麼成功，但是我要把上帝的歸上帝，撒旦的歸撒旦，光榮的歸光榮，愛情歸愛情；使野鳳凰會見女兒，使紫裳會見母親；使屬於紅角的人物成紅角，使屬於流浪的人歸於流浪……」說到這裡，我看到舵伯靠在沙發上，閉上了眼睛，但是我知道他沒有入睡，我就問他：
「舵伯，我請問你，你有這許多錢，在上海這些年獲得了什麼？」
「什麼都沒有。」他張開眼睛，支起身子說，「這就是我要告訴你的。」
「你真覺得那麼空虛，舵伯？」
舵伯沒有理我，他忽然說：
「你還記得何老麼？」

「自然記得，」我說，「幾天前，我還夢見他。」

「他不是不期望紫裳成紅角麼？」他說，「他希望她是一個簡樸的安分的女人。」

「是的，可是你要她……」

「不是我，也不是你，是她自己。她是天生的紅角，正如你所說，我們不過都是使上帝的歸上帝，撒旦的歸撒旦。」舵伯說著又靠倒在沙發上，閉起了眼睛，他說，「現在關於小鳳凰，我也要像何老一樣同你說了，我不希望她也走這條路。」

「但是……」我說，「假如她也是天生的紅角呢？」

「那就只好聽她了。」舵伯忽然說，「你真的相信她是天生的紅角麼？」

「你並沒有看見過她。」

「沒有，不過我從她母親那裡知道她很多。」

「說老實話，舵伯，」我說，「這正是我的想法，我覺得她可以換一條路走，可以去讀書，過安定的正常一點的生活。」

「真的？你真是這麼想？」舵伯忽然張開眼睛笑了。

「我很早就這麼想，後來因為為她籌備來上海演唱，我再沒有想起，可是那天當我同她單獨在一起的時候，我發覺我以前的想法是對的。」

「那好極啦！」他微笑著說，「我還以為你是在鼓勵她與他姐姐競爭呢。」

「我沒有這個意思。」我說。

「那麼你已經不愛紫裳了?」他忽然說。

「我不敢說。」

「我覺得如果你愛紫裳,你一定鼓勵小鳳凰與她競爭的。否則,你至少不是像以前一樣地關心她了。」

「我不知道。」

舵伯看了我許久,忽然又為我倒了一杯酒,說:

「我告訴你,我現在想退休了。」

「退休?」

「是的,我想離開上海。」

「到哪裡去?」

「四川。」

「四川去幹嗎?」

「隱居。」

「為什麼到四川?」

「據我看,現在中日關係這樣緊張,中國總有一天會起來抵抗的,一抵抗,那就是很長的戰爭。倘若我年紀輕些,我還可以有用;可惜我已經老了,沒有用了。戰爭一開始,中國一定要撤退到內地的,所以我看中四川。」

「你真覺得戰爭要爆發了？」

「一定的，」舵伯說，「而且也快了，你打算怎麼樣呢？」

「我，我什麼都沒有打算，」我說，「但如果中國決定抗日，我自然投入戰爭。」

「那麼你把小鳳凰交給我們好了。」

「你這話是什麼意思？」

「不瞞你說，我曾經同野鳳凰說，你要捧小鳳凰是因為你心裡要愛紫裳，要借這個去接近紫裳。她說你已經在愛小鳳凰了，我說如果你在愛小鳳凰，你一定不會再希望小鳳凰成紅角的，而一定希望她去進學校。野鳳凰倒希望你們早點結婚。可是我覺得你應當再多等幾年，至少你有個事業基礎才好，她也趁此可以讀幾年書。」舵伯非常慈祥地說著，我發覺他真是有點老了，我想說什麼時候，他又接著說：「可是現在戰爭要爆發了，你年輕，你自然應投入戰爭，那麼……」

「舵伯，我的愛情真是連我自己都不知道，結婚自然更談不到。」我說，「說到小鳳凰，即使你不想她成紅角，我不想她成紅角，甚至她自己也並不熱心走那條路，可是她母親，你知道野鳳凰的個性是很強的，她來上海的目的，就是要使小鳳凰成紅星，她希望小鳳凰可以成電影明星，與紫裳對抗，你知道，當我想用小鳳凰是紫裳的妹妹的事實來做宣傳時，她都堅決地反對，她要一點不借重紫裳而由她把小鳳凰點化成為紅星。……」我一直說下來，舵伯只是閉著眼微笑著，這時候，他突然把他粗大的手指摸摸鬍髭說：

「但是這些都已經過去了。」

「怎麼？」

「她已經會見了紫裳。」

「紫裳把她說服了？」

「是我勸醒了她，她才答應由我找紫裳來碰面的。」舵伯說，「母女一見面，哭了好一會，兩個人什麼話都沒有說。」

「是的，」我說，「野鳳凰告訴我會見過紫裳，我就奇怪。因為如果她不改變意思，她是不願意去會見紫裳的。」

「這就對了。」

「但是……」

「我們打算很快地就結婚了。」舵伯閉著眼睛說著，我自然知道他是說他與野鳳凰。

「真的？」我一時真是有點又驚又喜，不知再說什麼好了。

「我結了婚就去四川旅行，在那裡我想找一個風景好一點的地方，造點房子。自然我們要小鳳凰同去，希望你也可以同我們一起去。」

「那麼衣情呢？」

「你還記掛她？」

「不是這個意思，」我說，「她是你的女兒。」

「她已經有錢了。」舵伯諷刺地笑著，「她也該嫁個人了，是不？」

「那麼你這裡的產業呢？」

「一些股子，我都想讓掉。」舵伯說，「我的事業可以說都是空的，只有電影公司，那可以說是紫裳一個人為我賺的。要不是電影公司，前兩年我們幾乎垮了，當時如果真的垮了，我的一切也早就無法維持了。」

「那麼你的那所房子？」

「我送給紫裳。」

「你真是什麼都計畫好了。」我說。

我知道舵伯的個性，當他把這些計畫告訴我時，他是真的不會有改變了。我當時忽然想到藝中。我說：

「那麼藝中怎麼樣呢？那個映弓的孩子。」

「這是一個很可愛的孩子，我自然想帶著他，不過如果衣情要他，就由她撫養也好。」

「你真的希望我跟你去旅行麼？」

「自然，你陪我們去玩玩，等我們造好房子，安定好了，你隨時可以回來的，如果你想回來的話，是不？」

「那麼，野鳳凰呢？她也希望我同你們一起去旅行？」

「她說你是她的恩人，你使她母女重聚，你使她會見我。她還說你是她最好的朋友，她還希望你真會愛小鳳凰。我想小鳳凰才真是你幸福的對象。」

「要是這樣，舵伯，我決定同你們去旅行。」我說，「那麼這個班子呢？」

「等這期蓮香閣演唱了，自然都散了。」

「蓮香閣合約是兩個月，那麼你打算兩個月以後去四川？」

「這時期，正好讓我了清一些事情。」舵伯說。

自從舵伯在上海成為聞人以後，我與他距離越來越遠；這一瞬間，忽然使我回到了我們一同睡在船艙上的日子，我不知不覺流下了眼淚。

我離開舵伯的時候，他送我到電梯，他忽然說：

「我的計畫暫時不要同人談起。」

五十七

出門後，我一時竟不知該去何處。我有說不出的興奮與愉快。一個人有了意外的悲傷與快樂，總有想找一個人來傾訴的心理，我當時想到的則是韓濤壽。

但是那時候是一點鐘，蓮香閣已經散場，我無從找到韓濤壽。我自然更想會見小鳳凰，可是現在她該早已入睡。我步行很久，後來就雇車一徑到學規路。

自從那天在大夏家裡，他們邀我到他家去住後，我還沒有再去過。不知老耿搬出後，他們情形如何？還有，我曾告訴葛衣情我住在那面，不知道她有去找我沒有？我想大夏、大冬平常睡得很晚，這時候正可以同他們談談。自然我並沒有想把舵伯的計畫告訴他們，但對於中日戰爭的可能與時局的變化，他們也許會有很多的資料與更正確的看法。

可是到了他們家裡，女傭開門，告訴我大夏、大冬已經睡了。她說他們每天期待我來，三層樓房間已為我佈置好，我可以直接上去睡覺。

我謝謝她，就獨自到了三樓。大冬那間房已經換了新床與新的書桌，還備了一套新的睡衣放在床上。我當時就拿了睡衣，到浴室洗了一個澡，以後我就想好好睡一覺。

可是躺在床上，我竟怎麼也不能入睡。

天下的事情很難預料，老耿原是專為依靠他兒子來的，可是結果不能諧和相處；野鳳凰原是不打算依靠他女兒的，可是結果竟會彼此團聚無隙。我來上海時候，實在不想依賴舵伯，即使為對小鳳凰的捧場，我也主張現成地借重紫裳，野鳳凰偏要利用舵伯。我答應她去告訴舵伯，但是心裡仍並不以為然，所以我僅寫了封信給舵伯。我同紫裳到上海的時候，我們已經是相愛了，可是她還是走上了舞臺與銀幕；我同小鳳凰到上海，目的是要她走上舞臺與銀幕，可是她反而要成為我的……

我忽然想到了小鳳凰，是不是我們真在相愛，只是彼此不敢表示？她母親又是從哪裡發現的？是不是小鳳凰曾經把我吻她的事情告訴她母親？我細細地分析自己，想到當我聽到舵伯與野鳳凰願意我與小鳳凰結合的意念時，我心裡這種奇怪的高興，我實在無法否認我是在愛她了。

我可以設想我的興奮與愉快，是因為舵伯與我重新接近；是因為他與野鳳凰終於結合。這也可以說我因為使野鳳凰母女團聚，使舵伯有了舊愛新戀，所以居功自喜。但倘若我不愛小鳳凰，聽了他們對我們的願望，一定會感到一種反感，現在我竟感到一種安慰興奮，這可見我真是早就隱隱地在愛她，而自己不敢承認了。

現在一切似乎都已安排妥當。舵伯他們結婚、旅行，到四川去隱居，我也可以陪小鳳凰同去，這是多麼快樂的事！小鳳凰對我的感情也許還不很確定，但至少對我並不厭憎，我正可在旅行期內向她求愛。我可以為她補習一點功課，使她到四川進一所學校，如果我可以在四川找一點工作，也不妨可以先同她結婚。

這樣左想右想，心裡有一種奇怪的安慰，流浪了這許久，年紀也不小了，一個人在世上有多少年？像舵伯這樣發了財還感到如此空虛，我能有個美麗的愛人，順利地結婚，還希望什麼？我應當平凡勤儉刻苦地做一個人，像我父親一樣的，有一個安定的家，不正是最幸福的歸宿麼？

這樣想著，我不但什麼都已經決定，而且好像什麼都已經實現，我心裡開始感到安詳。我關上了燈。

可是不知怎麼，我突然被窗外的月光所吸引了。一種莫名其妙的感覺襲到我的心頭，我突然想到阿清。

這個對我依依送別的鄉下姑娘，究竟現在怎麼樣了？是不是還在等我？我怎麼一直沒有想到她呢？她的父親還在種田，視覺是不是更壞了？她的母親……她的哥哥……那個不知下落的哥哥……

我心中驟然有一種辜負他們的自責，這自責忽然使我很痛苦。我很奇怪我會在這樣時候想到阿清，而且回想到她在村口遠望我的情形，回想到那天她送早點給我吃的情形，而這些景象竟像是都在目前。

但是一切人性的弱點還是我的弱點，一切我的弱點也是人性的弱點，當這些自責頻擊我內心時候，我的自慰與自解也跟著浮起。

他們對我當然是可感激的。但是阿清並沒有愛我，只因為我像她哥哥，他們家裡需要的是一個男人，不一定需要我。我也沒有愛阿清，我那時實在因為疲乏了，還有是被他們的誠意所感動了，或者是出於同情。我也沒有確定地答應他們一定回去，我只要她等我一年，我也匯錢去過，我沒有什麼對不起他們。我於是想到阿清給我的木梳，我想到我可以把木梳寄還給她，寫一封信給她父親，再匯一點錢給他們。

有了這些自慰，我就開始感到疲乏，我很安詳地就入睡了。

不知睡了多少時候，一陣輕輕的敲門聲叫醒了我。我以為是大夏或者大冬，坐起身子，我說：

「進來。」

出我意外的，門開處，出現的竟是個女人。

我當時還以為是大冬的朋友，不知道他搬下去，所以到三樓來找他。可是仔細一看，我吃了一驚。

是葛衣情。

她右手握著門鈕，在門口站了好一會。我說：

「是你？」

「是我。」衣情說著帶上了門，一面向床邊走來，她說，「我打了好幾個電話，都找不到你。」

「大夏他們呢？」

「已經出去了。」

「幾點鐘了？」

「十二點半。」她說，「剛才我才打電話來，說你還沒有起來，所以我就來了。」

衣情穿一件綢質碎花的旗袍，裸臂上搭著一件白色的羊毛衣，她把羊毛衣，放在沙發上，走到我的床前，就在床邊的桌上拿起一支紙煙，劃了一根洋火。我當時也順手拿了一支煙，她點了自己的又點了我的。我吸了一口煙，說：

「怎麼樣？你胖了許多。」

「那天你已經說過了。」她說，「看見紫裳了嗎？」

「還沒有。」

「你變了。」她說著坐在我床邊上，吐了一口煙。

「是的，我想我真是變了。」我說，「雖是只有幾年，但是我經歷太多，我精神上老了不少。」

「你找到了錢？」

「沒有。」

「找到了事業？」

「沒有。」

「找到了失去的我？」

「我已經不想找了。」我說。

葛衣情這時候忽然弄熄了紙煙，她用手拊我的頭髮，身上傳來一陣香味，一面說：

「我一直等著你。」

「但是，衣情，我們的一切都已經過去了。」我說。

我真是不瞭解自己，對於這個美麗的女人，當時竟一點沒有感覺。她突然從我的唇上拿出我的紙煙，彎著身子來吻我，我沒有給她反應，我慢慢地推開了她，我說：

「讓我們談談。」

「你不愛我了？」

「我愛你的時候，你是知道的。」

「可是我一直在愛你，在等你。」她忽然又站起來，重新拿起一支煙，坐到床邊的一把椅上說，「你也沒有來看舵伯。」

「我總想把自己安定了再去看他。」

「他已經老了，同以前很不同，」衣情點起煙，吸了一口說，「他很希望你來幫他。你知道他真是像愛兒子一樣地愛你。」

「可是，」我說，「我不能夠一直去依賴他，是不？」

「但是他需要你。」

我沒有說什麼。

「現在我們大家都不是小孩子了。」衣情忽然很莊嚴地說，「你也該成家立業，我呢，當初對不起你，但以後一直愛你，我想盡方法要使你幸福，這幾年來我也一直等著你，許多人向我求婚，舵伯也盼望我有個對象，但是我都拒絕了。你沒有結婚，我終等你一天。這些年來，我一直希望你會找到你的理想的愛情，同你理想的事業。但是你都沒有找到，可見這些都是年輕人的幻想，現在你既然回來了，我希望你會回到我們這裡來。舵伯很希望你肯承繼他的事業，我呢，只想同你在一起。」

「衣情，你的意思是要我們結婚，同舵伯在一起，將來承繼他的遺產，做現成的富翁？」我直率地說。

「這恐怕也就是舵伯的意思，他年紀大了，很寂寞。他現在也很喜歡藝中，好像是我們養的孩子，同他的孫子一樣。」

衣情嚴肅認真的態度，引起我一種厭憎與害怕。她似乎一面想影響舵伯來操縱我，一面又想操縱我來影響舵伯，從舵伯的口吻中，我可以想到他已經瞭解衣情的心地；他也許對她再不相信，所以衣情要利用我來維繫同舵伯的關係。但是聰敏的衣情竟沒有料到，人所能計算的還在命運之下，我與舵伯都將離開她了。當時我緘默著，一直吸煙，像是在沉思什麼。衣情以為我已經被她說服，她繼續說：

「你不要以為舵伯在社會上建立了地位，一定有很多朋友，實則他真正的朋友只是一個你，你是第一個使他發達的人，是從小就以父親一樣待他的人，你來承繼他是並不慚愧的。你也許不瞭解他的事業，但是我這幾年來都在為你注意，他的事業，他部下的那群人物，個個我都熟識，我可以幫助你管理這些事情。我們結婚了，舵伯一定心安理得地退休。那時候，你就是現成的舵伯。」

我笑了笑，不說什麼。但隨即想到了舵伯的經濟情況，我隨便地問：

「聽說舵伯這些年來的經濟情形也不如以前，是不？」

「有一度很危險，不過幸虧有恆新舞臺同電影公司。我也出了不少力量，才維持了公司的信用。」衣情得意地說，「現在情形很好，地產方面我們看好它。只是舵伯從那次波折後，又動了一次手術，對事業比較保守，所以也應該讓他退休了。他辛苦了不少年。」衣情一面說著，一面又吸上一支煙。我忽然感到衣情像完全是另外一個人了。

她的臉本來是尖削的，現在有點像長方形，她薄薄的嘴唇是適合於說天真爛漫的笑話，與荒唐無稽的故事的，如今嘴角多了兩條紋路，忽然說出了這些世故老練充滿陰謀的計畫，她的眼光本來有一種醉人的光芒，後來也有一種迷人的誘惑，如今則既無詩的趣味，又無浪漫的情調。她的睫毛化妝過，眼光中有一種深邃莫測的尖銳，它正面看到了現實與談話的對方的內心。這與當初的衣情是多麼不同啊！我當時避開了她的視線，低著頭說：

「衣情，你真是聰敏，你的意思，我很感激，不過且讓我考慮一下。我總覺得我心裡有一種奇怪的東西，我自己還沒有找到。即使要放棄，我也要找到了才能放棄。我一生沒有想過我可以做現成的人，如今要我做個現成的人，我必須從頭放棄我心裡的一種奇怪的東西。」

這些話實際上都是真話，我不知道衣情是不是有點瞭解。自然，我對於衣情早已失去了當年的情感；但即使不是衣情，而是舵伯與野鳳凰，要我承繼舵伯現在的地位，我也會作這樣的回答的。

「相信我，」衣情忽然笑著說，「我替你打算的是不會錯的。」

「衣情，」我開始望著她半開玩笑似的說，「你以為我們現在結婚會幸福麼？」

「我會使你快樂的。」她俏皮地笑笑，又坐到我床沿。我很快地拿起桌上的表，看了看，我說：「我該起來了。」我一面掀開被鋪從床上跳下來，一面說：「我那天去看小江湖同黃文娟，她們倒是頂幸福的。」

我跑到衣櫃的鏡前，做了幾下小小的運動。衣情在後面問我說：

「你這幾年來，碰見幾個女人？」

「你為什麼不問我，這幾年來我躲開過幾個女人呢？」

五十八

如今，小鳳凰的登場，在野鳳凰已經不是一件大事了。我不知道小鳳凰是否知道她母親已經把計畫完全改變了？

小鳳凰的性格對於這樣的登場是不會十分緊張的，因為除了她應當注意的以外，都不是她的事情。

最把今晚的事情看得重的是陸夢標與老耿，其次則是胡嬤。

我至少看出野鳳凰對於陸夢標他們並沒有透露她心裡的想法。她風采奕奕，精神煥發；她比以前年輕，也比以前漂亮。

韓濤壽中午就來幫忙，下午我們到蓮香閣，我與他重新佈置場子。花籃匾額字軸，都陸續送來。紫裳送來一幅絲絨繡金的橫額，另外還有一個很高的花籃，但並沒有舵伯的賀禮。韓濤壽很關心野鳳凰會見舵伯後的情形，我告訴他我也不知道，既然舵伯沒有賀禮，恐怕晚上也不會來的。

我們把場子佈置好後回到春明飯店，晚上，韓濤壽同陸夢標他們先去，我則於十時半才偕野鳳凰母女去蓮香閣。

小鳳凰登場時我與韓濤壽在前臺。野鳳凰則在後臺。韓濤壽是內行人，他對於小鳳凰的藝術大為讚賞，他忽然對我說：

「她太好了，也許因此很不宜於演電影。電影是一種廣泛的玩藝兒，對太有專長的藝員是不適合的。」

「我是外行，只能說是喜歡不喜歡，究竟她的功夫在哪裡，那我就不懂了。」

「我不敢說她是空前，但她如果好好幹下去，五六十年裡面決不會有第二個人的。」韓濤壽說著，忽然對我說，「你看後面，那不是紫裳嗎？」

紫裳果然坐在最後的一個角落裡，場上的座位已滿，我不知道她是什麼時候進來的。她穿得很樸素，沒有什麼化妝，我當時就離開韓濤壽去招呼她。我什麼話都沒有說，只說：

「我怎麼沒有看見你進來，你一個人？」

她點點頭，沒有說什麼。可是我們好像已經彼此都瞭解了。

我當時就招待她到韓濤壽一起，韓濤壽坐了一會就去後臺，我一直陪紫裳聽到最後。在散場前我陪著紫裳起來，我說：

「到後臺去看看麼？」

「不去了。」她忽然說，「你陪我回去麼？」

「你回家去？」我說著就跟她出來。

紫裳的車子停在轉角處。我遠遠一看，吃了一驚，原來她的車子與衣情的完全一樣，後來我知道這都是舵伯送的。

紫裳住在愚園路一家公寓裡。

在她豪華的寓所中，我像是什麼都熟識的，我所以遲遲不敢來看紫裳，這是一個原因。在這樣熟識溫暖，充滿舊的感情中，它很容易使我軟弱。

我吻了紫裳，沒有說一句話，跪在她的面前哭了。

紫裳扶起我，臉上也掛滿了淚珠。

愛情在這樣的境界中，不用言語也都能瞭解。我們是相愛的，一直是相愛的。我沒有把愛她的感情去愛別人，她也沒有把愛我的感情去愛別人。

我們依偎著，依偎著，彼此一直流著淚，幾年來我受盡了人世的磨難，她也一定嘗了不少人世的辛酸，如今這些磨難與辛酸似乎都化作了眼淚。

我們一直沒有說什麼，一直到我們一覺醒來以後，我說：

「紫裳，你醒了？」

「我醒了好一會了。」

「你在想什麼？想我們過去錯了？」

「不，」她笑著說，「我想將來。」

「將來怎麼樣？」

「你願意馬上同我結婚麼？」

「這對於你是好的麼？」

「我知道對於你不很好。」她說。

「你的名氣太大，你的地位太高，你的……」

「我也不願意損害你，不願意束縛你。」

「你媽媽告訴過你……」

「舵伯告訴我的，他們預備結婚了。」

「舵伯要退休了。」

「他們要到四川去。」

「他們要我一起去。」

「你也一起去？」紫裳忽然驚訝地說，「你幹嗎去？」

「只是陪他們去走走，等他們安定好了就回來。」

「你以為有這個必要麼？」

「如果你要我在這裡，我就不去。等哪一天你不需要我的時候……」

紫裳馬上用手指按了我的嘴唇，忽然說：

「你以為我現在退休好不好？」

「你退休？」

「我不幹了，同你一同去四川，大家在一起。」

「我不贊成，」我說，「你會後悔的。我也不能就此不幹什麼，一輩子都依靠你。如果我要幹什麼，你守在家裡，那麼你更會覺得你不該這麼早放棄你事業的。」

紫裳沒有說什麼。我又說：

「紫裳，不要想得太遠，好不好？我決定不去四川，留在上海。我住在大夏、大冬家裡，我們一星期敘一天。過去我太自私，把我什麼都寄託在你身上，妨害你的生活，也妨害我自己。這一次我們重新愛過。我不再妨害你，我們不給外面人知道。這樣過一個時期再說。」

「好，好，野壯子，」紫裳興奮地說，「我愛你，你千萬相信我。我們在相敘的一天中，大家把一切都忘了，只剩我們兩個。」

紫裳在我的懷中，才開始問我關於我認識她母親的經過，以及舵伯以前與她母親的種種。她說她一直恨她的母親，她想像中的她的母親是一個粗潑浪漫的女子，誰知見面以後，她才發現她母親並不是她所想像那樣。她還告訴我，要是舵伯只約她同她母親會面，她也許還不想見她。她說舵伯很少到她這裡來看她，那天舵伯打電話給她，竟要到她家裡來。她不知道是什麼要緊事，一到她那裡，才告訴她他一直到現在沒有結婚的原因，是因為他年輕時愛了一個十六歲的女孩子，這個女孩子後來嫁了人，養了一個女孩子。她於她丈夫死了以後，又嫁了人，又養了一個女孩子。現在她已經四十多歲了，來了上海，他見到她，他想同她結婚。舵伯對紫裳講到這裡，才告訴紫裳那個女人就是紫裳的母親。並且說她當初捨棄紫裳也有她一種想法。紫裳才答應與野鳳凰會面的。

紫裳於是又談到江湖上賣藝的，都不願意子弟再走這條路，何老是這樣想，她母親是這樣想。可是結果他們的子弟還是走這條路，如今她真希望小鳳凰可以脫離這樣的生活，跟舵伯他們去四川。紫裳於是問到我關於小鳳凰的性情，是不是像她。在這些談話之中，紫裳似乎始終沒有想到我會愛小鳳凰，也始終沒有想到舵伯同野鳳凰在希望我與小鳳凰結合。

紫裳是愛我的，如果我真的愛小鳳凰，她也許因此會更恨她母親了。我與紫裳那一次的會面，真是決定了我生命的變化。倘若我可以疏遠紫裳像我疏遠衣情一樣，我一定會覺得我是屬於小鳳凰的。如今則使我想到我前一天所想的完全是錯誤的，我愛的是紫裳，而紫裳需要我更甚於小鳳凰對我的需要。

我也許是沒有愛情的人，我也許只有這種輕浮的愛情，我分辨不出純愛與情慾的分野。總之，與紫裳這樣纏綿以後，我對小鳳凰始終有一種慚愧，我已經沒有面目陪她去四川，而再對她存追求的心意了。

我從紫裳那裡出來，心中有一種奇怪的悵惘。我覺得紫裳雖是名成利就，但是她心靈竟是如此的寂寞與孤獨，這正同我發覺舵伯心靈的空虛時一樣地感到悵惘。在我所見的人中，只有衣情是自滿自尊沾沾自喜的。但是她竟已失去了她所有的可愛。

我現在想到我應當對舵伯與野鳳凰去說明我不打算跟他們去四川了。我想不出我該怎麼樣措辭。我覺得我很難自圓其說，而且我也不願意使他們太失所望，我當時決定索性慢一慢，或者等小鳳凰這期演唱後再去告訴他們。

我一面這樣想著，一面吸著煙，孤獨地在幽靜的愚園路走著。這時候，突然一輛車子在我面前停下來，裡面一個人在招呼我：

「也壯。」

我一時幾乎不認識他，再一細認，我才知道是宋子恂，他是我的老同學，但還是那天紫裳同我介紹的。

「啊，子恂，到哪裡去呀？」我隨口地問。

「我去看紫裳，一起去麼？」他說，「我在為她寫一個劇本，同她去討論討論。」

「我剛去看過她。」我說。

「你怎麼不到我家裡來玩？」他很誠懇地說，「我很想同你談談，明天有空麼？晚上到我家吃便飯。」

「也好，我也想見見宋老師，只是每天不知忙些什麼。」

「那麼明天。」他說，「七點半我在家等你。」

「好，我一定來。」

五十九

宋子㧑在學校的時候比我高一班，他同我雖然同在學生會裡、在劇團裡、在校刊上活動，但並沒有什麼交情，後來我被人攻擊排擠，宋子㧑是站在我敵對方面的。現在他改名叫宋逸塵，在為電影公司寫劇本了。

當時我對於宋逸塵瞭解很差，對於電影工作也完全外行，晚間同大夏、大冬談起，才知道他，在上海電影圈子裡已經是很有地位的編劇，但是他又為什麼這樣念舊，對於我一事無成一度還處在敵對地位的人忽然親熱起來，而要請我到他家去吃飯呢？

我於第二天晚間應約到宋子㧑的家裡。

宋子㧑正在等我，他帶我走進他們幽靜的客廳。

人與人之間真是有許多事情是神祕的。我們在學校裡這許多往還沒有使我們成為朋友，可是在這短短的一二個鐘頭的談話，竟使我們突然密切起來。

我們先談的是過去。宋子㧑很坦白地笑他過去的幼稚，被人利用。他還坦白地承認，當時對我的攻擊與謠言許多都是他的主意。他後來一直為過去的事情覺得內疚。他還告訴我，他父親看他當時生活不好，沒有好好讀書，所以沒有畢業就鼓勵他去美國，這才好好地讀幾年書。他自然也問到我這些年來的生活，我約略地告訴他一點，他聽了非常驚異。我又告訴他我到上海並沒有計畫，也不知道該怎麼打算。他忽然說：

「你為什麼不來寫點東西，編編劇本？」

「我？」我笑著說，「我除了當初校刊上寫過點幼稚東西後，一直沒有讀過書，動過筆了，怎麼可以同你比？」

「可是你有生活，有豐富的生活。」宋子恂忽然說，「你知道我父親麼？他也寫過兩本小說。現在不寫了。他就認為寫作的事業，要靠豐富的生活。他沒有生活，所以創作寫不好。」

「可是只有生活有什麼用？」我說，「沒有基本的訓練怎麼談得到創作。」

「你可以學習，開始學習。這有什麼晚？」宋子恂說，「我父親可以指導你，我也可以幫助你。他現在正編一本文學雜誌，你可以寫點東西，不好的可以請他為你改改，你知道他是很肯教導青年的。」

「可是你不知道我真是什麼都不懂。」

「你不要客氣。」他忽然看看錶說，「他現在出去了，就要回來，回頭你可以同他談談。」

我們談了許多零零碎碎的往事，自然也談到黃文娟。在長長談話之中，我逐漸發現宋子恂是一個誠懇的人，他之想同我談談，約我吃飯，完全是他對過去的一種補償。他出身既好，生活很平順，沒有吃過苦，也沒有受過任何折磨，所以心中某種內疚對於他是一種痛苦，好像發洩了才痛快。

最後，我們談到紫裳，我才發現紫裳已經告訴過他，我是第一個編舞臺雜耍劇使紫裳發紅的人。這大概也是使他鼓勵我編劇的一個原因。

宋子恂的父親宋齊堂於七點鐘回家。在學校裡時期，我同他沒有談過多少話，但自然是認識的。我因為曾在學生會裡活躍，他對我也沒有忘記。他在這幾年來真是老了許多。

大概就因為宋子恂曾經談到過我，所以他有許多話可以同我談。問到我離開學校後的生活，我很慚愧地告訴他我流落江湖後的種種，經過各種各樣的人生，嘗過各種各樣的生活滋味，只是沒有讀書。

齊堂先生對我的人生閱歷很有興趣。可是談到以後的打算，我則不知怎麼說好了。當時宋子恂就把他鼓勵我的提了出來，說他希望我可以把這些生活上的體驗寫出來。

齊堂先生笑了笑，他說寫作是一種愛好，如果我有這愛好，何妨先寫點短篇給他看看。

我自然也談到他的小說，問他以後為什麼沒有再寫。他很謙虛地說他這兩本小說，只是一種嘗試，不成東西。他說他是不適宜寫文藝創作的人，寫文藝創作，除了大天才以外，必須多有點生活的經驗，而他則只是平平順順地過日子，應該多有痛苦與快樂的體驗，而他則是沒有這許多人生的波折。

我們在客廳裡坐了不久，就開飯了。

飯後我想告辭，他們約我到書房裡去喝咖啡。

走進齊堂先生的書房，我真是覺得我是一個多麼不學無術的人了，除在學校圖書館外，我從沒有看到這許多書籍。齊堂先生告訴我他在研究的工作與他計畫著要寫的書。這使我知道他是一個多麼用功的人。

我當時就請教他，如果我想寫點東西，應該讀點什麼書。他說：

「應該多讀作品，中國的、外國的、現代的、近代的、古代的。什麼文藝理論都可以晚一點讀，先讀作品。」

宋子恂好像不十分同意他父親的話，他認為基本的文學概論一些書，應該讀些。我告訴他，這些書我自然讀過，但這只是常識，於寫作並沒有關係。

論文談學，我自然沒有資格，以後聽他們父子談書籍作品與作者，我就什麼都不懂了。但不知怎麼，這對我是一種稀有的刺激，我驟然有想不到的求知慾，也帶著有好勝的心理。我一時很想擺脫一切好好去讀點書。

那天我們談得很晚，臨走時，我借了好幾本書。在回家的路上，我心裡所想的就是怎麼樣把我的生命去尋求新的安排。我很想馬上讀完這些書，讀完宋家書架上所有的書，使我可以與他們父子平等地談話。

回到學規路，大夏、大冬竟都在家，他們很用功地在讀書。大夏恰巧在讀英文。我曾經讀過幾年英文，但是荒疏太久，忘了不少。我看大夏的程度比我還低。大夏告訴我他是跟一個私人教授在學，一星期三次。我當時就問他能不能讓我參加。大夏表示非常歡迎，還對我極力鼓勵。

我告訴他們我從宋逸塵家裡吃飯回來，他們演過宋逸塵的劇本，也認識他。我告訴他們他是我的同學，但現在他已經很有成就，而我則混過許多時日，什麼都沒進步，所以決心要好好用功了。

一個人生命的改變，有許多因素，這些因素，有些是必然的，有些是偶然的。要是我以前一直不曾讀書，我不會想讀書；要是我不會到宋逸塵，不到宋家去，我也不會有這樣的決心。但是最根本的也許還是對紫裳的愛，她使我對宋逸塵這個編劇的地位有奇怪的羨慕。好像如果我有宋逸塵的地位，同紫裳在一起就可以不太慚愧了。

就是從那天開始，我的生活有根本的改變。我雖然也偶爾去春明飯店，也去蓮香閣，但是我知道這只是短期的計畫，不用作什麼以後的打算了。而經常的事情，我都拜託了韓濤壽。他也很熱心地在處理一切。所以我得安安定定地好好讀點書。

就在我決心讀書的時候，我大概有三天沒有出門。韓濤壽忽然來找我，說野鳳凰要我晚飯後到國泰去看她。我還以為舵伯一定也在，有什麼事要找我，所以並不以為奇。

在我想像中，舵伯一定忙於處理他的事業，野鳳凰應當最空閒，最快樂。蓮香閣的唱演，收入足可以為班子的開銷，而她自己也不用靠這筆收入。她只要靜靜等待合約滿期，預備結婚作蜜月旅行就是了，什麼也不必打算，什麼也不必擔憂了。可是想不到竟不是如此。

我於飯後去國泰飯店，發現在她房間裡等我的只是野鳳凰一個人，這就使我想到一定有些什麼事了。

自從在她家一同在煙榻上談話以後，我一直沒有同她單獨在一起親密地談過話。那天她穿一件很敝舊的玄色旗袍，高梳著頭髻，從沙發上起來迎我，我說：

「你一個人？」

「我想單獨同你談談，」她說著敬我一支煙。於是又說，「我們還是同以前一樣的好朋友，是不？」

「為什麼不？」

「你看，許多事情都出你我意外地發展。」她說，「偶爾回想到我們以前在煙榻上所談的，真像一個夢。」

「我真高興你與舵伯重會，你與紫裳團聚。」

「你知道你是我的恩人，是真正救我的恩人。」

「啊！我有什麼功勞，這只能說是個機緣。」

「要沒有你，我根本不會再想到舵老同紫裳的。」她說，「我不知道應該怎麼報答你。」

「你對我已經夠好了，要我跟你們去四川。」我說著，忽然想起這倒是一個告訴她我已經改變意思的機會，我就接下去說，「可是我現在想想，還是不去四川了。」

「為什麼？」她忽然笑著說。

「我現在剛剛安定些，我在讀書，所以暫時不想動了。」我說，「你們去四川，安定下來了，我隨時可以來看你們的。這意思我還沒同舵伯談過，我實在很難開口，我想還是請你告訴他吧。」

「我很瞭解你，」她忽然說，「你愛的是紫裳，你不想離開她。」

「也許這也是一個原因。」

「你應當早告訴我，」她忽然非常莊嚴地說，「我從紫裳地方知道她也在愛你。我很奇怪她在上海這樣環境中還這樣愛你。這是很出我意外的，我們都以為你在愛小鳳凰，也覺得為你的幸福著想，你同我們一起去四川可以過著很幸福的戀愛生活。可是現在……」

「現在怎麼樣？」

「我可以老實告訴你，你自己也許不知道，小鳳凰也在愛你，這是她第一次戀愛，我不喜歡你傷她的心。」

「不會的，不會的。」

「可是這是真的。」

「你已經告訴她，你與舵伯結婚去四川的計畫了麼？」

「沒有，」野鳳凰說，「我想等她這期唱完時再說。但是我探她口氣，她是真的在愛你了。你知道她這兩天演唱因為你不在場，她很不高興麼！她還借別的事情發了好幾次脾氣。」

「真的？」

「自然是真的。」野鳳凰說，「愛情是你們自己的事情，兩個人都是我的女兒，我不敢說一句話，你說你愛的是紫裳，我自然沒有話說，可是你應該設法不要傷小鳳凰的心。」

我緘默著沒有說一句話。

「而且……」她說了半句忽然不說了。

「而且什麼？」

「舵伯告訴我，你聽了我們希望你同小鳳凰結合，你非常興奮，一口答應同我們一起旅行。所以我們以為你愛的是小鳳凰。」

「但是我不知道小鳳凰這樣愛我。」

「你沒有對她表示過愛麼？」野鳳凰微笑著，用著一種譏刺的聲音說。

這句話使我想到我吻小鳳凰時候的情形，我的心不知道怎麼樣對自己解釋了，我一直緘默著。

「你看，你們男人！」野鳳凰忽然說。

「那麼你希望我怎麼呢？」

「為你幸福著想，小鳳凰自然適宜做你太太，紫裳現在是太紅了。是不？」她說，「為她們著想，她們都是我的女兒。但是紫裳沒有你還可以照樣活下去；小鳳凰沒有你，我就不知道了，她也許因為你不跟我們去四川。」

我當時真是既說不出什麼，也不知道應該怎麼辦。我愣了許久。

「不管怎麼樣，今晚上你總該同我去蓮香閣看看她。」她說著看看錶，站起來說：「你等我換一件衣服。」

野鳳凰走進浴室以後，我一個人坐在沙發上，心裡浮起一種分不清的雜亂的情緒。自己真是不瞭解自己的感情，我在愛紫裳，我也在愛小鳳凰。

愛情是一種複雜的情感，這裡包括友誼，包括情欲，包括兩個人的歷史與各種奇怪的暗示。在這些綜錯之中，我們很難找出所謂愛的元素。除非這時候有一種生死的患難使各種複雜的混合物都一一濾清，我也許能清楚地看到我的真正的愛情。

但為什麼我不會是一個沒有真愛的人呢？也許，當一個人在第一次戀愛時經歷到太多痛苦，他以後就不會再認識愛情了。

六十

一個人活在世上應該是為幸福，但是幸福的打算實在太複雜了。舵伯說他應該一直不帶我出來，讓我像父親一樣一生只在一個小地方，我也許還會幸福些。可是我並不後悔，因為我看到了人生。

當我初戀失敗的時候，因為葛衣情把讀書看得那麼高，我以為讀書應當是幸福的，但帶來的是更多的痛苦。

如今衣情為我計畫了幸福的前程，我不願接受。野鳳凰與舵伯為我計畫了幸福的婚姻，我也無福接受。

我沒有辦法拒絕紫裳的愛，也貪戀小鳳凰對我的一種驕傲的柔情。我同小鳳凰雖然始終保持一種有距離的友誼，可是我內心總覺得我有點對不起紫裳；而當我同紫裳在一起纏綿之時，我又覺得對不起小鳳凰。

於是我開始怕見她們，我還時時覺得我有負於阿清，我曾經想把木梳寄還給她，告訴她請她不必等我，但我一直沒有做。在奇奇怪怪矛盾的情感中，我逐漸逃避在閱讀中，我喜歡到宋子恂家裡去，好像到那裡就可以遠離我煩惱的世界一樣。

我也曾經同宋子恂談到戀愛婚姻等問題，他告訴我他已經在美國訂婚，他的未婚妻還在美國，他給我看他未婚妻的照相，還給我看一兩封她寫來的情書。使我覺得人家的生活幾乎都順著正當的軌道，沒有憂慮，也沒有矛盾。宋子恂還有一個姐姐在英國，已經嫁了人。他們的母親於前年去世，齊堂先生雖是年紀不小，但還清健。整個的家庭由一個老傭人在管，可是井井有條。我到他們家慢慢地也變成自己的家人一樣。我真是羡慕這個清靜而充滿智慧的家庭。

當我讀了二十幾本小說與散文以後，有一天，忽然寫了一篇抒情的散文，內容實際上是對於自己許多矛盾情感的分析與自責。我把這篇東西請子恂與他父親去看，他們看了竟非常稱讚。齊堂先生要我交給他，他在文字上改了幾處，就在他所主編的文學雜誌發表出來。這件事對我鼓勵很大，第二次我就寫了一篇小說。我又交給齊堂先生。他讀了同我談了半天，給我許多指點，要我重寫一遍。我當真是非常興奮，當夜就把它寫過，第二天又趕快送去。這次齊堂先生認為很好，只是把結尾一段刪去，又在文學雜誌發表出來。齊堂先生所編的文學雜誌是當時中國最有地位的文藝期刊，我的作品能夠在那裡發表，對我真是有很大的鼓勵。

這是我寫作生涯的開始，也是我認真閱讀的開始。

我所以在這裡特別把這點提出來，因為這的確使我在伴同小鳳凰去四川與逗留在上海的考慮中，使後者增加了一個很大的分量。

在小鳳凰合約快滿時，蓮香閣的佟千鈞還想續訂一期，還有一個東方書場也用更高的代價來拉她們，可是野鳳凰都拒絕了。

這是到了無法不對大家宣佈她與小鳳凰要放棄這個演唱生涯的時候了。她先同我商量，要我先把她要與舵伯結婚與去四川的消息告訴小鳳凰。並且要我於小鳳凰輟唱的一天帶她到國泰與舵伯見面，一起吃飯。

對陸夢標，野鳳凰也要我私下先告訴他，以後再由她對大家宣佈。

我當時覺得對小鳳凰問題並不困難。野鳳凰自然不便告訴女兒自己結婚的計畫，由我來告訴她是很自然的事。對於陸夢標則實在有問題，因為他對這個班子與小鳳凰前途都抱有太大的希望。由我同他去講，尤其很不合適，因為作為小鳳凰的老師，他同我似乎有點對立。一個人的妒忌心是很難解釋的，我同野鳳凰與小鳳凰的關係，在陸夢標總覺得有點礙眼。因此我要野鳳凰托韓濤壽去談，他這些日子來同陸夢標弄得很熟，而且他也比較知道怎麼樣處置最為妥當。

韓濤壽聽了野鳳凰與舵老要結婚的消息，很詫異也很高興。因此對於遣散班子的意念也很同情。談到陸夢標的問題，他考慮了許久，最後還是覺得野鳳凰應當自己同他去談。不過他認為既然蓮香閣或東方書場要聘請他們，野鳳凰不應當拒絕，應當促成蓮香閣或東方書場同陸夢標訂約。野鳳凰可以不必對大家說遣散班子，只是把班子讓給陸夢標，由陸夢標去續請他們好了。他還說如果再漂亮一點，野鳳凰反正也不計較這點錢，大可以把這期的贏利贈他，而小鳳凰的這期收入，為答謝師父，也可算作謝金。

一個人考慮事情，往往只從自己的觀點出發，韓濤壽所見到的究竟都比我們遠闊。野鳳凰對於他的意見非常敬佩，當時就請他全權代表與陸夢標去談。

這件事情總算順利妥當地辦好了。韓濤壽還介紹另外兩個唱大鼓的參加陸夢標的班子，在蓮香閣繼續演唱兩個月，以後又到東方書場演唱了兩個月。世上人事的變化本不是我們所能預料，而江湖上的聚合更是無從度測，我與野鳳凰、小鳳凰脫離那個團體後，自然也很少知道這一批朋友是怎麼樣在人海中變化了。

就在韓濤壽與陸夢標商談這些的時候，我找個機會把野鳳凰計畫告訴了小鳳凰，我自然也告訴她舵伯與野鳳凰過去戀愛的歷史。小鳳凰聽了非常同情與高興。她對於她的演唱並不留戀，只是對於陸夢標很關心，我告訴她她母親正在為他安排。

談到她去四川進學校種種，小鳳凰竟非常興奮，她一直羨慕在學校裡穿著制服的女學生，現在自己也去進學校，該是多麼快樂！

接著她就問我是不是同他們一起去四川，我說我也許一時走不開，等舵伯在那邊安頓好了，我自然隨時會去的。小鳳凰聽了雖然有點不高興，但我看不出有野鳳凰所說的她對我有無法離開的愛情。她說：

「那麼我在那面等你。」

「你們安頓好了，隨時叫我，我隨時會來的。」我說，「而且你要進學校讀書，我呢，我也想在這裡多讀點書。你知道那位宋先生的父親，現在正在教我寫東西嗎？」

小鳳凰沒有再說什麼，她知道我近來忙於讀書寫作的種種，所以很能夠諒解。

我把我與小鳳凰談話的結果報告野鳳凰時，我突然發覺舵伯也解決了葛衣情的問題。

我滿以為舵伯在解決這個問題時會同我商量，或者會請我幫忙，可是出我意外的，他在我們忙於陸夢標新班子的時候，很快地把什麼都解決了。

那是春天已將過去，天氣時冷時熱。我在陽光滿照我窗櫺的一個早晨，接到了一個請帖。出我意外的，是葛衣情與潘宗岳的喜柬。由雙方家長具名，女方的家長則是舵伯。

這是一個很突兀的消息。可是大夏、大冬心目中則並不覺得怎麼稀奇。對於上海的聞人，我是太不熟了，潘宗岳究竟是什麼樣一個人，我也不知道。大夏、大冬告訴我他是上海的大亨，有錢有勢。衣情同他往還很久，但想不到他倆會結婚。

他們又告訴我，潘宗岳是隨著日本人勢力抬頭新起的一個巨賈，在日本軍人毒化華北的政策中崛起的包銷煙土白麵的人物，幾年來他的勢力已經伸展到上海不同的金融企業中，他已經是一個很重要的聞人了。

他們還告訴我潘宗岳比舵伯年輕許多，初進上海市場時候，當然還要借重舵伯，他是依靠衣情的關係去接近舵伯的。但後來潘宗岳在投機市場上占了優勢，幾乎把舵伯打垮了。

而葛衣情竟下嫁給他！

這自然是旗鼓相當，珠聯璧合的婚姻。

我從大夏、大冬地方知道這些內幕，心裡非常不安。我怕這於舵伯一定是一個很大的打擊。我本想打電話去問舵伯，後來我怕葛衣情在家，反而不方便。於是我想到韓濤壽也許會知道詳細一點，至少對於潘宗岳與舵伯的關係有更多的瞭解，所以我就打電話到春明飯店，恰巧他在那裡。

韓濤壽在電話裡說他也剛剛接到這個請帖，他還知道潘宗岳倒是正式同髮妻離了婚。他也正想問我有沒有接到請帖。當時就請他到學規路來談談。

韓濤壽來的時候，大夏、大冬已經出去了。整個房子只有我們兩個人，我們足足談了三個鐘頭。

韓濤壽告訴我許多關於葛衣情的事情。像葛衣情這樣一個女人，並沒有受什麼教育，居然有這許多手段策略，這真是想不到的事情。我儘管厭憎她的作風，但不得不佩服她的聰敏。

原來潘宗岳起初是一個土販子，葛衣情就從舵伯那裡騙到一點錢，同他合夥。潘宗岳到上海以後，許多事業葛衣情或多或少都有參加。她運用舵伯的勢力地位幫助潘宗岳，以後又利用潘宗岳的力量操縱舵伯。她在市場上，把舵伯的機密洩漏給潘宗岳，使舵伯的力量減弱，但在舵伯不支的時候，又用自己的力量支持舵伯。因此她自己的財力與地位，在暗中已經與潘宗岳與舵伯相抗衡了。

在我靜聽到這些故事以後，我頓然想到她的成功的始點，也許正是我失敗的始點。她與潘宗岳合作，也許正是由我與舵伯合作的歷史中得到的靈感。而我的失敗也正是她的教訓，所以她毫不放鬆地繼續這個合作。我說：

「真想不到葛衣情這麼厲害。」

「但是她想嫁的是你。」

「是我？」我說，「她告訴過你？」

「是的。她在你這次來上海後，就抱著這個希望，她說她現在什麼都有了，只是沒有愛情。她一生只有你真正愛過她。」

「可是……」

「你拒絕了她。」

「我愛她的時候，她負了我，」我說，「以後我沒有愛過她。」

「但是你愛她的時候，要她跟你過窮苦生活，而她要你的時候，已經為你打定了經濟基礎，你可以現成享福了。」

「她希望我承繼舵伯的事業。」

「這正是她的野心，」韓濤壽說，「潘宗岳的事業，少說她也要占四分之一或者三分之一，你再承繼舵伯的，那麼上海不就是你的了麼？」

「你真愛開玩笑。」我說，「我覺得她還不夠聰敏。她倒沒有想到嫁給舵伯。」

「我想她以前也可能有過這個企圖。可是舵伯因為她是你的或者一度是你的，所以只以女兒一樣在待她。」

「很可能她有這個企圖，但是即使她不是我的，舵伯也不會接受她的，你知道舵伯一直愛著野鳳凰。」

「這怎麼講？」

「你大概不知道他們過去，當野鳳凰十六歲的時候，舵伯就愛上她，可以說已經訂了婚，可是以後舵伯被捕了，野鳳凰的父母過世了，她跑上江湖，兩個人就失去了聯絡。」我說著，又把他們過去的事情復述一遍。

「有這樣的事情？」像韓濤壽這樣有見聞的人，對於舵伯這個人也開始不解，他說，「像他這樣一個人，對什麼事都不當一回事，甚至對他自己的生命也不看重，怎麼對於愛情倒這樣堅貞？」

「這就是我們無從瞭解舵伯的地方。」我說，「你看，他有了野鳳凰，什麼都想放棄了。」

「這是他與葛衣情不同的地方。」

「這怎麼講？」

「你看，男人有了愛情以後，什麼都不要，女人有了一切以後，才想到愛情。」

「韓濤壽，你真是一個哲學家！」我說。

同韓濤壽暢談以後，我對葛衣情開始有一種諒解。她是一個有才能氣魄野心的人，她無法平庸地過活。她必須操弄錢操弄權甚至操弄男人。她曾經要委身於舵伯，舵伯不要，也曾經要委身於我，我沒有接受。那麼她與潘宗岳結婚，是很自然的事，還有什麼可怪她呢？

我從自己的諒解，想到比我有度量的舵伯，一定不會有所介意的，我覺得早晨我以為對舵伯是一種打擊的想法，倒是可笑了。

當夜，我在國泰與舵伯、野鳳凰、小鳳凰吃飯。舵伯，果然不出我所料，他對於衣情的結婚事情反而非常高興。他說，當他告訴衣情他的退休計畫以後，第二天衣情即把她與潘宗岳結婚的事情同他商量，艙伯當時一口贊成。衣情倒要他暫時不要告訴我。

那天舵伯非常高興。他計畫把野鳳凰、小鳳凰、紫裳都搬他那裡去住一個月，要我也搬去。以後他就帶我們去四川旅行，把房子交給紫裳。

在這個問題面前，我又惶惑起來。自從上次與野鳳凰談過以後，我始終沒有什麼決定。我看出野鳳凰也並沒有把我想改變計畫的意念告訴過舵伯。我不知道她是為怕免去舵伯不開心而不告訴他，還是對我跟他們旅行的信心很強，以為我的話不過一時的動搖。當時我忽然發現小鳳凰好像也已經相信我要同她一同旅行的計畫。在她的充滿青春的眼光中，對於這世界像有一千種的信任。舵伯與野鳳凰是蜜月旅行，我們則是戀愛旅行。我知道我是一個脆弱的人，只要離開上海，我一定無法不離開紫裳，我會很情願地成了小鳳凰的俘虜了。我在小鳳凰面前，我無法否認我在愛她；但因為我與紫裳的關係，我始終未曾對小鳳凰透露過我的愛情。我心中纏繞著說不出的矛盾，因而更無法有所抉擇。但有一點我非常清楚，就是，無論我如何決定，我不能損害她們任何一個人的自尊。隱瞞欺騙在愛情世界中是不高貴的，但我仍不得不這樣做，而我的代價是我心中的痛苦。我當時什麼也沒有表示，我只是用話打岔，我說：

「衣情他們在揚子江飯店，是不？你去主婚？」

「自然。」舵伯說，「你不想去？」

「我自然要去道賀的。」我說。

六十一

揚子江飯店原名是申江飯店，由潘宗岳買下來，裝修一新，改名揚子江飯店，他還把它擴大，在後面蓋了一所新的大樓。現在這所大樓剛剛落成，他與葛衣情的婚禮就在那裡舉行。

這真是一個豪闊奢侈浪費的場面。

他們把那七層樓的大廈，都紮綴了燦爛的燈彩。頂上兩層招待遠來道喜的親友，四五兩層是慶祝的堂會，三層是禮堂，一二層則是設置茶點宴席之處，前後親友賀客據說有三千人。光是宴席就擺了五天。

這些都是韓濤壽告訴我的，他被邀去幫忙，管理四五兩層，其他六七兩層有一個管事，一二兩層有一管事。他們上面還有一個總管，兼管第三層的禮堂。

我只在正式婚禮舉行時去道賀了一下。那是第二天。新郎新娘於第四天就到北平去蜜月旅行了。

葛衣情去北平旅行時，舵伯很希望我們都搬到他那裡去住。但是野鳳凰要等她與舵伯結婚後，才搬進去。紫裳雖是接受了舵伯送她房子的美意，但覺得太大，舵伯他們走後，她一個人去住這麼大的房子，當然更不合適。所以她的意思要設法租給人家，或者租給一家電影公司也好。既然不預備去住，當然根本就不必搬去了。我住在大夏、大冬的三層樓，非常自由，更沒有搬到那邊去的必要。其次在紫裳與小鳳凰之間，我心裡有許多自己都無從解說的矛盾，但有一點我是知道的，我不願意小鳳凰知道我不去四川是為紫裳，也不願紫裳知道小鳳凰對我有友誼以上的感情。

在愛情的世界中，我們都付了深重的痛苦的代價。舵伯已經使紫裳與野鳳凰和好諒解。我自然要使紫裳與小鳳凰能像姊妹一樣地相愛。

這個短短的時期，我心裡雖矛盾痛苦，但是我另有一種生命在發芽，那就是我的寫做事業。在宋齊堂父子的指導與鼓勵之下，我很有興趣用功，我通宵閱讀寫作。我的作品散見於各刊與報章，我逐漸被文壇認為是一個新進的天才。

那時我正寫了一篇《盜賊之間》的中篇小說，也在文學雜誌發表，我寫一個江湖女子愛上了一個神偷，她想像神偷是一個巧妙聰敏神祕的人物；但同時又愛上了一個強盜，她想像強盜是一個勇敢豪邁痛快的人物；但因為愛了兩個人，她心裡就有各種不同矛盾彷徨與痛苦，她想盡方法，不讓兩方面知道她心裡另有他人，她不願意他們彼此妒忌仇恨。偏偏這個神偷同她在一起，就愛講強盜的低能與暴戾，而那個強盜又愛在她面前講起小偷的懦怯與無用。她總是站在強盜的立場與小偷爭，又站在小偷的立場與強盜爭。於是慢慢地她竟發現那個小偷竟真有強盜所說的一切小偷的缺點，並不是她所想像的巧妙聰敏神祕的人物；而那個強盜也正具有那個小偷所說的一切缺點，並不是她所想像的勇敢豪邁痛快的人物。最後她離開那個強盜，說她現在愛上了一個小偷；但同時她也離開了那個小偷，說她現在愛上了一個強盜。她獨自一個人又在茫茫的人海去過流浪生活。

這篇小說，一時竟驚動了當時的文壇。我一躍而成為文壇的寵兒。其成功的原因我自己是知道的，因為我有真正生活的體驗。其中所寫的那個江湖女郎愛上兩個人的矛盾彷徨心理，正是我在愛紫裳與小鳳凰的矛盾痛苦的自白。

宋逸塵想把這小說改寫成電影劇本，由紫裳主演，這使我與紫裳都感到一種說不出的快樂，因為我與紫裳的事業終究有所聯繫了。

現在寫這些故事的時候，我可以細細反芻到人生中命運安排的巧妙了。

一個人的走紅交運成功是意想不到的。我不敢說這不是靠我的文藝天才，我不敢說還不是靠我的好學與努力。但是我可以說我是從來沒有想到過我要成一個作家的，一直到我這次回上海，我連做夢都沒有想到過。

細細分析我所以走上這條路，不用說，第一個影響是宋逸塵，第二個則是他的父親宋齊堂。但是要不是那天去賽內飯店，碰見紫裳，我也不會碰見宋逸塵。而向紫裳去招呼，則還要歸功於小鳳凰的要求。另一方面說，如果宋逸塵不是我以前的同學，或者雖是同學，而他沒有一個被人利用對我造謠的內疚，他也不會約我去看他的。這樣推理分析起來，我們可以細細找到無數的細小的偶然的因素。這些因素，只要少了一個，我的生命可能就不能走上這條路徑。對於這些偶然的無數巧妙的組合，我除了用機緣或者命運的名詞外，就不知道該怎麼說了。但最重要的是我在愛紫裳，我是多麼羨慕宋逸塵，他有一個與紫裳平等的地位。現在，我終算也可以同紫裳在一起而沒有自卑感了。

我作這樣反省自白的時候，我還忘了一個很大的因素，那就是韓濤壽。因為有韓濤壽寫劍俠小說的成功，才使我有嘗試寫作的勇氣。否則我雖是有宋齊堂先生的鼓勵與提攜，我也許仍是不敢去嘗試的。

當我說到這三個給我影響的人，我不得不想他們三個人的性格，只要他們三個人的性格有一個不是如此，無論是出於驕傲自大或甚至是洽談不熱心，我的命運都可能有不同，只要第一天去宋家，宋齊堂有點頭痛不適，不同逸塵談那些我不懂的作品與作家，也可能引不起我的好奇心與求知欲，那麼我的命運即便是如此，也可能要晚了幾個月才被人注意，那麼一切以後的變化也就會完全兩樣了——因為這是關聯著我留上海與去四川的問題。

一個人是這樣偶然地決定了他的一切，而這決定的因素又是如此的碎瑣繁雜，可是一個人之走紅與交運則是一夕間的事情，我在文壇上的出現，正如當年舵伯的出現，也正如當年紫裳的出現，我也成了一個有人驚奇有人妒忌有人崇拜有人談論的人物。

這使我的心裡有一種奇怪的平衡，使我在與紫裳坐在一起躺在一起的時候，再不感到自卑與慚愧了。

這些因素與我要更進一步用功與寫作，幫助我決定了我不同舵伯他們去四川。而且我有了一個最好的理由，就是因為我要幫助宋逸塵寫那個《盜賊之間》的電影劇本，要看紫裳進行這部電影，所以我暫時只好留在上海，——這也就是說，如果這部小說晚兩個月出現，我的推辭就不是這樣容易了。

舵伯對於我留上海非常同情，因為我剛剛有點成就，自然不應該懈怠下來而去旅行。野鳳凰似乎有點失望，但同時還很自信，她說，這樣也好，反正小鳳凰還要讀幾年書，而你也不會同紫裳結婚的。小鳳凰已經進補習學校讀書，生活上有許多改變。我為她取一個名字，「容裳」。她要別人都叫她這個名字。我曾經為野鳳凰取過劉曇芳的名字，野鳳凰在國泰飯店就是用劉曇芳。我在這裡敘述中雖是一直稱她野鳳凰，可是在當時實際生活中，除了我與韓濤壽陸夢標一些舊圈子裡的人外已經沒有人叫她這個藝名。小鳳凰在跳出舊圈子時換了新名，自然也比較容易成功。那些新認識她的人，雖是不難接受她的新名字，可是也很難不想到她以前是小鳳凰。這在小鳳凰都覺得不很高興。我當時就想到，這正是小鳳凰的一種蛻變，在她到了內地進了學校以後，恐怕連她自己都不會相信她是一個京韻大鼓的歌手了。

在這些日子中，她同我在一起的時候很多，她與紫裳也有了往還，我也帶她認識了大夏、大冬以及宋逸塵等一些朋友。在許多應酬之中，我也帶她成為我的伴侶。這使小鳳凰的見聞驟然開闊起來，她的知識欲與好勝心使她的心靈起了很多變化。

儘管我心裡對她有許多我自己都不解的情愫，可是因為我與紫裳的關係，我從未對小鳳凰有什麼熱愛的表示。她對於我這種態度有什麼樣的想法，我不知道。但是我發現她之所以看重我就因為我對她的尊重。在她的生命中，男子對她表示親昵的自然已經不少，這大概正造成了她對於那些輕易對她表示親昵的人覺得討厭。事實上，她的年紀還輕，在她多年來江湖上賣藝生活中，她的心裡正有一種綜錯，她對於男子對她的態度有奇怪的敏感，她不喜歡別人再當她是賣藝的女子，因而很容易想到別人仍舊以江湖上的女孩子在待她。由於這些關係，她對於進學校去做學生的生活抱著很大的渴念。她很希望可以早點去內地，早點進學校。她說她希望住在學校裡，好好過學生的生活。

在這些往還之中，她也慢慢瞭解些我的工作與事業，以及與宋逸塵合作為紫裳寫劇本的種種。因而也更諒解我同他們一起去內地的各種困難。所以當我宣佈不跟他們去四川，在小鳳凰並不覺得突兀，她認為我不同她們同去是對的。她希望自己早點進學校，希望她母親早點在四川有了房子，安定下來，希望我可於來年暑假時去看她們。這是我當時對她說的，也是我心中的一種想法，我想在上海有點建樹後，到四川去看他們，安安定定住下來進行一部較大的著作。

是這樣的變化，是這樣的決定。我們每個人都很愉快，而我的改變計畫，並沒有遇到什麼特殊的困難。

就在這樣融和美麗的氣氛中，舵伯與野鳳凰結婚了。他們舉行了簡單莊嚴的婚禮，喜酒就擺在家裡。

照理，像舵伯在上海的地位，他應該有很多的賓客了，野鳳凰剛來上海，應該沒有什麼人可講的。可是事實上正相反，舵伯很早就宣佈了退休，許多日子以來，一直在應酬宴會中生活。婚禮所以拖到今天，就因為舵伯想在這些應酬完了以後舉行，他沒有對人說到他要結婚，所以那天的婚禮可以說是祕密的。而野鳳凰，則有陸夢標一群跟她來上海的班子。此外還有她的兩個女兒。我與韓濤壽反而成為很重要的賓客，還有幾個則是幫助舵伯處理雜務的一些人。

把舵伯的婚禮與葛衣情的婚禮比起來，真是一個很有趣的對照。這一方面也許可以說舵伯的婚姻是人生在舞臺中下臺的團圓，衣情的婚姻是上臺的序曲；另一方面也許只是說明婚姻是年輕人的勾當。舵伯自然不是沒有能力鋪張，而是不願意再熱鬧了。我們想到舵伯對野鳳凰的愛情，在垂老的時候這樣的結合，也許反而是這美麗愛情的最悲劇的悲劇。而葛衣情之與潘宗岳的結合，既然談不到愛情，即是否終老原可以不必計較，那麼可說總是鬧劇裡喜劇的結尾。

人生舞臺中，人類所串演的認真或不認真的戲劇，真實的價值永遠只有串演的人能夠瞭解。每個人生命的意義有時並不是旁觀的人所能捉摸與瞭解，特別是這些與社會沒有關係的私事。

在舵伯與野鳳凰結婚之後，野鳳凰、小鳳凰以及胡嬤與翠妹自然就搬到舵伯的房子裡去了。可是因為許多人還常來找舵伯，使舵伯無法完全脫離過去的社會，他覺得很厭煩；其次是紫裳與我都沒有搬去，而紫裳也已經進行要在舵伯走後把那房子出租去的事情。為這種種原因，舵伯忽然決定搬到一家幽靜的公寓去暫住。他要提早把那房子的事情交給紫裳去管理。紫裳自然同我商量，我又找韓濤壽。大家商量的結果，由我與韓濤壽去暫住。我因為一星期有兩天要同大夏去念英文，所以那兩天仍住在大夏家裡，其餘的幾夜則住到那邊去。韓濤壽則決定暫時搬去。

自然，房子裡還有許多未了的事情。一部分東西，舵伯要整理運到內地去的，另外一部分的東西則還要等衣情回來，由她來處理的。她還有許多東西則要送掉或賣去的。

舵伯雇用的僕人，男女一共有十一個，一個已經跟衣情北去，兩個已經派到舵伯暫時住的公寓裡去，還有一個車夫與一個廚子，也將於衣情回來後，去跟衣情。另外一個專看藝中的女傭，也將跟藝中一同到衣情那裡去。藝中已經六歲，面型顯出許多像她母親——映弓——的地方。舵伯本來很願意帶他到四川去，但因為衣情願意要，所以將由衣情領去。此外還有幾個花匠園丁等，慢慢自然要遣散，但暫時都住在那裡，幫同整理舵伯要運走的書畫古玩行李等等。所以當時這所房子真像是要散戲的後臺，並不適宜於住人的。舵伯所以要搬到一個新的公寓去，我想也正是這個原因。可是舵伯為整理那些要運到內地去的什物，有時候也來指揮。他對於這所房子，固然有感情；對於那些傭人，也好像很不願意分離；對於藝中，也表示特別喜愛。人的富有，大概是一種負擔。舵伯的性格，對我永遠是一個謎，他一方面非常果敢灑脫，一方面又有許多戀執；一方面很冷酷，一方面又很多情。他這樣地放棄上海的一切自然需要很大的勇氣，但是他也並不能灑脫到毫不依戀。舵伯性格中這些矛盾，似乎在他每次來指揮清理什物時表現得很多。

紫裳與宋逸塵大概也談到那所房子的問題。宋逸塵恰巧有朋友要辦一所華僑中學，那個朋友在南洋籌了一筆基金，想在上海辦一所華僑中學，正在物色一個校址，預備興建，舵伯那所房子並不適合，但是園子大，足夠興建校舍，所以看了一次很滿意。紫裳就勸舵伯賣去。舵伯說他已經送紫裳，自然一切由她全權去決定。紫裳就要舵伯在離開上海前完成這份交易，省得把房子轉移到紫裳的名下再賣。

這件事情進行得相當順利。談好交屋的日期是在兩個月以後，但買主因為要建校舍，已經找了建築師等時常來測量規劃。

就在這個事多人亂的當兒，一件很奇怪的事情就發生了。

那時天氣已交初夏，有點燠熱，有一天，我於上午十一時離開徐家滙路，我出門的時候，韓濤壽還在，他告訴我他下午要去送稿子——那時他剛剛寫完《江南六俠傳》。

我於黃昏時分到學規路，大冬不在，大夏約我一同到一家新開的山西小館吃刀削麵。餐後我們就去英文先生那裡上課。上課回來，大冬還沒有回家，傭人告訴我韓濤壽來過好幾次電話，要我一回來就打個電話去。

我叫通電話，聽到韓濤壽聲音有點發抖，他說：

「藝中失蹤了。」

徐訏文集・小說卷04　PG1434

江湖行（中）

作　　者　徐　訏
主　　編　蔡登山
責任編輯　李冠慶
圖文排版　周政緯
封面設計　王嵩賀

出版策劃　釀出版
製作發行　秀威資訊科技股份有限公司
114 台北市內湖區瑞光路76巷65號1樓
電話：+886-2-2796-3638　傳真：+886-2-2796-1377
服務信箱：service@showwe.com.tw
http://www.showwe.com.tw
郵政劃撥　19563868　戶名：秀威資訊科技股份有限公司
展售門市　國家書店【松江門市】
104 台北市中山區松江路209號1樓
電話：+886-2-2518-0207　傳真：+886-2-2518-0778
網路訂購　秀威網路書店：http://www.bodbooks.com.tw
國家網路書店：http://www.govbooks.com.tw
法律顧問　毛國樑　律師
總 經 銷　聯合發行股份有限公司
231新北市新店區寶橋路235巷6弄6號4F
電話：+886-2-2917-8022　傳真：+886-2-2915-6275

出版日期　2015年09月　BOD一版
定　　價　340元

Printed in Taiwan

國家圖書館出版品預行編目

江湖行 / 徐訏著. -- 一版. -- 臺北市：釀出版,
2015.09
冊；　公分. -- (徐訏文集. 小說卷；3-5)
BOD版
ISBN 978-986-445-036-7(全套：平裝). --
ISBN 978-986-445-037-4(上冊：平裝). --
ISBN 978-986-445-038-1(中冊：平裝). --
ISBN 978-986-445-039-8(下冊：平裝)

861.57　　104012719

讀者回函卡

感謝您購買本書，為提升服務品質，請填妥以下資料，將讀者回函卡直接寄回或傳真本公司，收到您的寶貴意見後，我們會收藏記錄及檢討，謝謝！

如您需要了解本公司最新出版書目、購書優惠或企劃活動，歡迎您上網查詢或下載相關資料：http:// www.showwe.com.tw

您購買的書名：________________________________

出生日期：________年________月________日

學歷：□高中（含）以下　□大專　□研究所（含）以上

職業：□製造業　□金融業　□資訊業　□軍警　□傳播業　□自由業

□服務業　□公務員　□教職　□學生　□家管　□其它_____

購書地點：□網路書店　□實體書店　□書展　□郵購　□贈閱　□其他

您從何得知本書的消息？

□網路書店　□實體書店　□網路搜尋　□電子報　□書訊　□雜誌

□傳播媒體　□親友推薦　□網站推薦　□部落格　□其他__________

您對本書的評價：（請填代號　1.非常滿意　2.滿意　3.尚可　4.再改進）

封面設計____　版面編排____　內容____　文／譯筆____　價格____

讀完書後您覺得：

□很有收穫　□有收穫　□收穫不多　□沒收穫

對我們的建議：________________________________

____

____

____

請貼
郵票

11466
台北市內湖區瑞光路 76 巷 65 號 1 樓
秀威資訊科技股份有限公司 收
BOD 數位出版事業部

（請沿線對折寄回，謝謝！）

姓　　名：________________　年齡：________　性別：□女　□男

郵遞區號：□□□□□

地　　址：________________________________

聯絡電話：(日) ________________ (夜) ________________

E-mail：________________________________